经典探案故事

水晶瓶塞

［法］勒布朗　著

叁壹　编译

陕西新华出版

太白文艺出版社·西安

图书在版编目（CIP）数据

水晶瓶塞 / （法）勒布朗（Leblanc, M.）著；叁壹
编译. -- 西安：太白文艺出版社，2011.7（2024.5重印）
（经典探案故事）
ISBN 978-7-5513-0022-3

Ⅰ. ①水… Ⅱ. ①勒… ②叁… Ⅲ. ①侦探小说—法
国—现代 Ⅳ. ①I565.45

中国版本图书馆CIP数据核字(2011)第150734号

水晶瓶塞
SHUIJING PINGSAI

原　　著　[法]勒布朗 (Leblanc,M.)
编　　译　叁　壹
责任编辑　荆红娟　李丹　张晨蕾
封面设计　佳图堂设计工坊
版式设计　刘兴福
出版发行　太白文艺出版社
经　　销　新华书店
印　　刷　三河市嵩川印刷有限公司
开　　本　700mm×960mm 1/16
字　　数　150千字
印　　张　12
版　　次　2011年7月第1版
印　　次　2024年5月第4次印刷
书　　号　ISBN 978-7-5513-0022-3
定　　价　46.80元

联系电话：029-81206800
出版社地址：西安市曲江新区登高路1388号（邮编：710061）
营销中心电话：029-87277748　029-87217872

前　言

《语文课程标准》明确提出："培养学生广泛的阅读兴趣，扩大阅读面，增加阅读量；提倡少做题，多读书，好读书，读好书，读整本书。"

由于青少年受到知识、阅历以及阅读欣赏爱好的限制，他们对于读物的选择往往倾向于趣味性、故事性。因此，历险、科幻、探案类读物在多次中小学生阅读情况调查中，都被大多数青少年列为自己最感兴趣、最爱看的图书之一。

历险、科幻、探案类故事有着极其曲折的故事情节，极其丰富的想象力，因此，对青少年有着十分强烈的吸引力。阅读此类读物中的经典作品，可以极大地提升青少年的勇气与智慧，培养他们正直、勇敢和坚强的良好品德。

例如，英国作家柯南·道尔所著、风靡世界一百多年的"福尔摩斯探案"系列作品，故事曲折、情节紧凑，既不血腥，又很有趣，十分适合青少年阅读；而主人公福尔摩斯具有正义、坚强、机智的品德和敏锐的观察力、准确的判断力、严谨的分析和逻辑推理能力，备受青少年推崇，成为各个时代、各个国家青少年心目中不朽的英雄。

同样具有广泛影响力，被翻译成多国文字出版，受到世界各地读者热烈欢迎的法国著名作家儒勒·凡尔纳的系列科幻、历险作品，则将探险和科学完美地结合起来，书中不仅有曲折动人的故事情节，还包含大量各类学科的知识，犹如一本百科全书，令读者爱不释手。凡尔纳在他的作品中，不遗余力地歌颂了人类在科学领域孜孜不倦的探索精神和临危不惧、百折不挠、患难与共的高尚品质。

而美国作家马克·吐温的许多青少年题材作品，则更符合少年儿童的阅读口味。这些作品多以儿童为主角，以对比的手法描述了儿童世界与成人世界对待财富、宗教等事物态度上的区别，从儿童本位的价值观出发，肯定和赞美了孩子的生命活力和天真纯洁的本质，并从儿童的视角，抨击了自私、残忍、冷酷等人性的丑恶面，歌颂了勤劳、勇敢、正直等优秀的品德，对青少年有很大的教育和启迪意义。

青少年是国家和民族的未来。一本好书就像一盏明灯，会照亮他们将来的人生道路。经典文学作品中包含着人类长期思考所积淀下来的精神文明的精髓，承载着作家的道德品质和道德理想，是人类文化的宝库。青少年正处在一个认识世界、了解人生的关键阶段，这些历经时间考验的经典作品可以帮助青少年建立正确的世界观、人生观、价值观，可以丰富他们的人生经验，充实他们的课外生活，犹如最好的导师和朋友，伴随他们一同成长。

目　　录

一、夜　　盗

　　九月的夜空星星点点，晚风徐徐掠过湖面，泛起阵阵微澜。花园处的小防波堤上拴着的两条小船，也轻快地随波起舞。雾色中几处小窗泛出朦胧的灯光，湖对岸昂吉安赌场仍然灯火通明。几颗星星透过云层与灯火对映，微风阵阵掠过，湖水波光涟涟。

　　法国的秋天是最短暂的。虽然还是九月下旬，可是，夜空中的寒星，已像冰冻了似的，充满了寒意。一颗流星掠过湖面上空，消失在夜空中。

　　亚森·罗宾在一座小亭子里吸了一支烟，走出来，在防波堤尽头俯下身。

　　"格罗内尔、勒巴鲁，你们在吗？"

　　话音刚落，两只小船里便各爬出一个人，其中一个答道：

　　"来了，老板。"

　　"准备出发吧！吉尔贝和沃什勒的汽车来了。"

　　罗宾从花园里面穿过，绕过一幢尚未建好的房子，夜幕下隐约可见狼藉的工地。他小心翼翼地打开朝向塞杜尔大道的门。一部车灯全都熄灭了的大型私家汽车，从一条漆黑的街道上，好像一条影子似的，半点声息也没有，悄悄地驶了过来，到他面前就停住了。两个竖起大衣领子，帽子戴得压到眉尖，掩盖着脸孔的人跳下车来。

　　他们就是吉尔贝和沃什勒。吉尔贝是一个二十岁左右的小伙子，长着一张讨人喜欢的脸，步子灵活、有力。沃什勒矮一点，灰白头发，脸色苍白，一副有病的样子。

　　"你们看见多布里克议员了吗？"罗宾问道。

　　"看到了，他已登上了七点四十分开往巴黎的火车。"吉尔贝答道。

"那我们就可以放开手脚大干一场了!"

"老板,玛丽·特莱斯别墅现在在你的掌控中了。"

看到司机还把着方向盘未动,亚森·罗宾对他说:"别停在这里,这会引人注意的。九点半再来装车吧,如果不落空,有东西装的。"

"为什么说落空呢?"吉尔贝问道。

罗宾和他两个同伴一边向湖边走去一边说:"这次行动的准备工作不是我做的,我总担心行动会失败。"

"唉,老板,我跟你干了三年啦……我已经知道怎么干了!"

"不错,我的伙计,你们算是刚刚入道。"罗宾说道,"但不管怎么说,我还是担心出差儿……来,都上船……你,沃什勒,上那只船……好了……就这样,划吧,孩子们……不要弄得太响。"

划船手格罗内尔和勒巴鲁把船朝赌场左边不远的对岸,奋力划去。

航行途中,先是迎来一只小船,上面簇拥着一对男女,任小船随波起伏;而后,又遇到另一只游艇,上面一群人在狂放地唱歌。后来,他们再没遇到别的船。

罗宾压低声音问身边的吉尔贝:"这次行动是谁的主意,你的,还是沃什勒的?"

"也不能说一定是谁,我们两个在两三个星期前,就在商量这件事,经过一番确实的调查,才决定要老板来帮忙,便打了个电话。"

"是这么回事吗?不过,我不大相信那个家伙,因为他平时的举动,我总觉得很难捉摸,他是个最靠不住的家伙!他身上让我看不顺眼的事实在太多了……说不定他……我不会看错,他是个靠不住的家伙……事儿总会坏在他身上。"

他踌躇一会儿,然后又说:

"如此说来,多布里克议员离开时,你是亲眼看见了?"

"亲眼看见的,老板。"

"你肯定他去巴黎赴约?"

"他要到剧院去。"

"好。不过,他的仆人还留在昂吉安别墅……"

"女厨子早让他辞了,雷奥纳尔——他的贴身男仆正在巴黎等主人回来,但夜里一点之前他们回不来。不过……"

"不过什么?"

"只是那个家伙老令人捉摸不定,说不定,他看了一半就回来,所以这件事一定要在一小时内完成。"

"你是什么时候弄清这些情况的?"

"今天一早,我和沃什勒都认为这是个大好时机。我看这座还未盖好的房子前面的花园很僻静,打这儿出发很安全,就是咱们方才离开的那座房子,夜里那儿没人看守。我就通知了咱们那帮伙计,让他们把船划来,然后就打电话通知你,整个经过就是这样。"

"别墅钥匙你搞到了吗?"

"我只弄到了一把大门的钥匙。"

"那个隐约可见的是别墅吗?"

"正是玛丽·特莱斯别墅。西边那两座别墅都有一星期没住人了。所以,有足够的时间搬走我们喜欢的东西。我向你发誓,老板,这事值得一干。"

罗宾自言自语着:"这未免太容易了,太缺乏刺激性了。"

船在一个小水湾里靠了岸,岸边一个被虫子蛀得千疮百孔的破棚子底下有几层石台阶,选择这个地方能使搬运东西方便许多。

片刻,他突然低声提醒:"别墅里有人!看,灯光!"

"像是一盏煤气灯,老板……灯光是不会跳动的……"

罗宾做了分配:格罗内尔在小船旁放哨,勒巴鲁在塞杜尔大道的栅栏边等候,他和吉尔贝、沃什勒则爬到了大门的台阶下。

吉尔贝第一个上去,三下两下把门上的锁捅开,而后又去开插销上的锁,两道锁都顺利打开了。门被推开一道缝儿,三个人摸了进去。

前厅里果然点着一盏煤气灯。

"你看,老板……"吉尔贝说。

"不错,是煤气灯。"罗宾小声道,"可我觉得刚才看到的灯光不像是打这儿发出的。"

"那是哪盏灯呢?"

"我也不知道……在客厅这里吗?"

"不,议员先生把所有珍宝都放在二楼他的房间和周围的屋里。"吉尔贝道。

"楼梯呢?"

"右边,帘子后面就是。"

罗宾走近那个帘子,把它扯开。就在这时,在他左边几步远的地方,突然打开了一扇门,一个脑袋伸出来,脸色苍白,大睁着惊惧的眼睛。

"来人啊!抓坏蛋!"那人惊叫道。

"是雷奥纳尔!那个男仆!"吉尔贝喊道。

"他要敢阻拦,我就结果了他。"沃什勒喊道。

"不要大叫大嚷的,沃什勒!"罗宾边说,边朝那个仆人冲去。

他追进一间餐厅,那里面点着一盏灯,餐桌上还堆着几只盘子和酒瓶。罗宾在餐具间里找到了雷奥纳尔,他正拼命地扭开餐具间的窗子。

"站住,你这个笨蛋!别动!嘿!往哪儿跑!"

罗宾从那个人背后追过去,一把抓住那人的肩膀,那人却转过身子,举起右手来,手里拿着一把手枪。罗宾急忙趴在地板上,跟着就听到了"砰、砰、砰"几声枪响,桌子上的碗、碟子和葡萄酒瓶,有的被打碎,有的滚到了地上。

罗宾急忙抓紧那个人的腿,将他摔倒在地上,打掉了他的手枪,并掐住了他的脖颈。

"好家伙!"亚森·罗宾低声骂道:"……差一点就把我干掉了……沃什勒,把他给我捆起来。"他用手电筒照着那个仆人的脸,挖苦地说:"先生这张面孔并不俊俏嘛……一定是做过亏心事,雷奥纳尔。哼,给多布里克当仆人……捆结实了吗,沃什勒?咱们别在这儿耽搁。"

"没事的,老板,"吉尔贝说。

"真的吗?那枪声呢?恐怕已经传到别人耳朵里了……"

"没人听得到。"

"无论如何,咱们必须抓紧。沃什勒,提着灯,我们上楼。"他抓住吉尔贝的胳膊,把他拉上二楼。

"傻瓜!你就是这样打听情况的吗?不放心是有道理的吧?"

吉尔贝嘴唇动了一下,怯怯地说:"老板,谁能想到他会改变主意,回来吃晚饭?"

"一旦有行动,就要事先把一切可能都想到。你和沃什勒是两个蠢货……你们做事还是太嫩！"

二楼的家具平息了罗宾的怒气，他像一个收藏家一般，遇到了珍贵的艺术品就心满意足地欣赏起来。

"嗬！东西不多，却是好货。这位议员先生还有点鉴赏力……四把奥比松扶手椅……一个打了印记的写字台，我敢担保，是佩西埃和丰泰纳制作的……两盏古蒂埃尔的壁灯……一幅弗拉戈纳尔的真品……还有一幅纳蒂那的赝品。我要是个美国百万富翁，会把它们都买下来……真的，可以值不少钱，有些自命不凡的家伙硬是说没地方找古董了，目光短浅！他们应当跟着我，周游周游！"

吉尔贝和沃什勒遵照罗宾的吩咐，立刻开始搬运这些沉重的家具。过了半个小时，第一只船就装满了。他们决定让格罗内尔和勒巴鲁先把船划走，把东西装上汽车。亚森·罗宾看着他们走了才回别墅。经过前厅时，听到配膳室那边好像有说话声。他走过去，看到只有雷奥纳尔一个人在里面，趴在地上，反剪着双手。

"是你在叫喊吗？议员大人的走狗！别着急，完事就放了你。当心点，你要敢大声喊，我可就不客气了……是不是要我把你的嘴给堵上？"

那仆人什么话也没有回答，好像死了似的躺在那里。

罗宾丢下他，走上楼去。就在他上楼时，又听到了一阵细碎的说话声："救命！快抓凶手……有人要杀我……快通知警长。"

"真是个不可救药的蠢货，都晚上九点了，还要麻烦警察局……你等着吧。"罗宾暗想。

他又开始收拾东西，用的时间比预计长得多，因为他在柜橱里又发现了一些值钱的小艺术品，不拿走有点可惜。那沃什勒和吉尔贝也搜得太认真了，这会打乱他的计划。

罗宾终于不耐烦了。

"到此为止吧！"他命令道，"不能为几件破烂误了我们的大事，汽车还在那儿等着呢，我可要上船了。"

他们走到湖边，亚森·罗宾走下台阶。这时，吉尔贝把他拉住，"听我说，老板，我们还得再走一趟……五分钟就够了，不会更长。"

"究竟为什么？"

"听人家说，那议员的屋子里藏着一些很了不起的东西。"

5

"那是些什么东西？"

"是一个小小的箱子，在那箱子里藏着许多名贵的艺术品。"

"你们干吗不早把它拿走？"

"我们怎么找也找不到，我突然想起了餐具间……那里有一个大餐橱，上了一只大锁……你说是吧，不能不去看看……"

吉尔贝说着已经爬上了台阶，沃什勒紧跟在后。

"给你们十分钟……一分钟也不能多。"亚森·罗宾朝他们喊，"过十分钟不回来，我就走了。"

可是，十分钟过去了，他们还没回来。他看了看表，已经九点一刻了，他们到底在那里干什么？一到这里，就感觉到这两个人的举动有些可疑，他们都在疑心对方，互相猜忌，要趁对方不注意的时候，好占点便宜。看样子，他们都想找一样极重要的东西，我想准是这样。

一种莫名其妙的忧虑感驱使着他，他又不知不觉地回到房子前面。与此同时，他听到昂吉安那边传来嘈杂的声音，而且越来越近……或许来了一些逛街的行人！

他立即打了一声口哨，然后冲向栅栏，想看看附近大街的情况。他正要推门出去，房子里突然传出一声枪响和一阵痛苦的叫喊。他赶紧翻回身，绕过房子，冲上台阶，奔向餐厅。

"该死的！你们俩在搞什么鬼？"

只见吉尔贝和沃什勒扭作一团，一边愤怒地互相叫骂，一边在地板上翻滚，衣服上渗出了血。这时，吉尔贝已经把对手压在底下，并从他手里抢过一件东西。罗宾没能看清是件什么东西。沃什勒肩上的伤口在流血，他已昏过去了。

"喂，你为什么开枪打他？"

"不是我，是那个男仆雷奥纳尔开的枪。"

"别胡说八道，那家伙不是被捆绑在那里，怎么能开枪呢？"

"他把绳子挣脱了，我们一进来，他就不声不响地开了一枪。"

"该死的！"罗宾一边骂，一边举着灯来到餐厅的一个角落。那里有一具死尸，两手交叉放在胸前，喉头插着一把匕首，鲜血从嘴角往外流出。

"是谁杀了他？"

"是沃什勒……"

亚森·罗宾气得脸煞白，揪住吉尔贝说：

"是沃什勒……还有你，混蛋！因为你在这儿，不制止！血！血！你们明明知道我不希望流血！我宁肯让别人把我杀死！哼！混蛋，活该你们倒霉！你们去赔偿吧！代价不小……当心上断头台！"

亚森·罗宾看到死尸，非常难受，猛摇着吉尔贝问道："为什么？沃什勒为什么杀他？"

"他想搜他的身，找餐橱钥匙。当他弯下腰去时，发现那家伙双手已经挣脱了……沃什勒害怕了……就捅了他一刀。"

"那么，谁开的枪？"

"是雷奥纳尔……他拿到了枪……死到临头，他拼着最后一口气，开了枪……"

"餐橱的钥匙呢？"

"沃什勒拿去了……"

"他打开了餐橱？"

"打开了。"

"东西找到了？"

"是的。"

"你又从他那儿夺过了那玩意，是吗？快说，那是什么？"

吉尔贝咬着嘴唇不说话。

"好吧，吉尔贝，你现在不想说是吗？以后我会有办法让你开口的。现在，我们得先把沃什勒弄回船上，离开这儿。"

他们回到餐厅。吉尔贝朝受伤的沃什勒弯下身去。但亚森·罗宾拉住他："听！"

他们交换了一个不安的目光：配膳室里有人说话……一个很低，很奇怪，很遥远的声音……可是，他们很快就查清，配膳室里除了那个死人，再无别人。他们看见那死人隐隐约约的轮廓。可是那个声音又响起来，一会儿尖利。一会儿低沉。一会儿发颤，一会儿急促，一会儿大叫着发出断断续续的音节，说出含含糊糊的话语，听得人毛骨悚然。

亚森·罗宾觉得头上直冒冷汗。这不连贯的、神秘的，像从坟墓里发出来的声音到底是怎么回事呢？

罗宾虽然是一个有胆量的人，可是听到这种声音也大吃一惊，觉得毛骨悚然。他蹲下身子，竖起耳朵，想听清楚这种声音到底是从哪个方向发出来的。他仔细听了后，觉得是从死去的雷奥纳尔那儿传过来的，这使他更觉得奇怪了。

"喂，你帮我拿好手电筒！"

罗宾把手电筒递给吉尔贝，叫他向尸体上照，这一照，声音就听得更清楚了，这个怪声音的确是从尸体那儿传出来的。可是，他伸手一摸，尸体冰冷，涂满了瘀血的嘴唇，已一动也不动。脸孔吓得发青的吉尔贝，颤抖得连牙齿也格格地响个不停，手电筒也掉到地板上了。

罗宾对尸体不声不响地望了一阵，突然，他哈哈一笑，把尸体给翻了个身。

"嘿，竟被这东西唬住了，真傻！"

罗宾苦笑着，原来是一部电话机压在尸体的胸口下面。

尸体下面露出一个电话机话筒，长长的电线一直通到挂在墙上的一部电话机上。

罗宾拾起话筒。一会儿，又听到了那声音。声音嘈杂，有呼喊和叫骂，似乎有好几个人在同时讲话："你还在吗？没有回答……太可怕了……他可能被杀死了……你还在吗？发生了什么事？坚持一下……救援马上赶到……快……警察……士兵……"

"见鬼！"罗宾骂道，丢下话筒，他忽然明白了：他们搬东西时，雷奥纳尔可能弄松了绳子，挣扎着够到了电话，也许是用嘴叼下话筒，接通了昂吉安的电话总机，向他们呼救。

罗宾送走第一只船，返回来时，听到的就是这呼救声："救命啊！抓坏人！有人要杀我！"

这会儿，总机正在回答他。警察已经出动了。罗宾想起几分钟之前，在花园里听到的那阵嘈杂声。

"警察到了！快跑！"他穿过餐厅往外跑，一边招呼同伴。

这时，沃什勒从昏迷中苏醒过来，听到了他的话哀求说："看在上帝的分上，别扔下我！"

罗宾停下脚步，虽然情况紧迫，他还是和吉尔贝一同扶起伤员。与此同时，外面已经响起一片叫喊声。

"晚了!"罗宾说道。

一阵急促的敲门声之后,前院门被打开了。罗宾冲到通向台阶的门边,看见房子已经被很多人给包围了,就要冲进房子了。此刻他和吉尔贝两人还来得及在警察到来之前退到湖边,可冒着警察们的枪弹,却难以上船逃走。

他把门撞上,别住门闩。

"我们被包围了……完了……"吉尔贝结结巴巴地说。

"别说了。"亚森·罗宾说。

"可是。他们看见我们了,老板。他们在敲门。"

"别说话。"亚森·罗宾重复道,"一句话也别说……别动。"

他一动不动,冷静地思考着。他好像有很多时间,可以从容地从方方面面去思考一个难以解决的问题。此时,用他自己的话来说,他正处在"生死攸关的时刻",这正是他大显身手的时刻。每逢这种时候,不管情况多么危急,他心中总是镇定地默数:"一……二……三……四……五……六……"直数到他的心跳恢复正常。在这危急时刻,他对已经发生的事情以及可能会发生的事情进行了快速的分析,并做出合乎逻辑的、可靠的决定。这也正是他能够成为这个组织的头头的原因所在。

约莫过了几十秒,警察还在使劲地敲门和撬锁。罗宾朝自己的伙伴喊道:"跟我来。"

他来到客厅,轻轻推开侧面的一扇玻璃窗和百叶窗。外面人来人往,根本不可能逃出去。于是他气喘吁吁地拼命喊叫起来:"到这里来!帮帮忙!我把他们抓住了……在这边!"

他抽出手枪,朝树枝上打了两枪,然后走到沃什勒身边,弯下腰,把他伤口的血涂在自己的手上和脸上。接着,他猛地转向吉尔贝,抓住他的肩膀,把他推倒在地。

"老板,你要干什么?"

"听我说!我一定能保释你们出狱……不过,我必须是自由的才行……"罗宾冷静地说。

外边已经有人在敞开的窗户下叫喊了。

"快点过来帮忙!"罗宾故意大喊大叫。

而后，他又坚定地低声对吉尔贝说："你们都想好……还有什么要说的！要不要转达什么口信？"

吉尔贝怒气冲冲地挣扎着。他心慌意乱，一时没明白亚森·罗宾的意图。沃什勒比他有经验，再说他负了伤，反正没有指望逃跑，便冷笑道："白痴，老板让怎么做就怎么做吧！只要他能逃脱……还怕你我没救？"

这时罗宾又想起了吉尔贝和沃什勒两人争夺的那个东西。他刚要搜吉尔贝，吉尔贝就大叫一声，"不，这个永远不能给你。"同时挣脱了罗宾的控制。

罗宾再次把他推倒在地。这时窗口已经出现了两个人，吉尔贝只好把那东西给了罗宾，他看也没看就塞进衣袋里了。

吉尔贝悄悄对罗宾说："给你吧。这就是……我会给你合理的解释的……你完全可以相信……"

他的话音未落，一些警察和士兵都跑来援助罗宾了。

吉尔贝马上被结结实实地捆了起来。

罗宾拍了拍手上的灰尘，对警察们说："谢谢你们来救了我！我差一点就死在他们手里。"

"你太客气了，我们应该谢谢你，是你帮助我们抓住了这两个犯人，你看到仆人了吗？他们把他杀死了吗？"

"我不知道。"

"不知道？"

"噢，老天！我是听说发生凶杀案后，跟你们一起从昂吉安赶来的！你们从左边绕过来，而我是从右边冲进来的。那边窗子正好开着。两个强盗正要跳窗逃走，我就爬上去，朝他打了一枪……"他指着沃什勒，"……在这之后，我抓住了这家伙。"

他满手满脸都是血，这正是他与盗贼英勇搏斗的最好证据。而且十多个人都亲眼看见了他的英勇行为。现场一片混乱，人们到处乱跑，互相询问，谁也没能静心推敲罗宾的话，或者对此产生怀疑。

在配膳室发现仆人的尸体之后，警察分局长意识到自己的责任。他命令封锁栅栏门，谁也不准进出。他自己立即查看现场，开始调查。

沃什勒说出了自己的姓名，但吉尔贝拒绝说，借口要有律师在场他才讲话。警察指控他犯了凶杀罪，他便往沃什勒身上推；而沃什勒则为自己辩护，说吉尔贝是凶手。他们两人同时叫喊，显然是要吸引警察分局长的注意力。当分局长转身找亚森·罗宾取证时，这才发现那个陌生人不在了。

分局长没有起疑，他对一个警察说："去告诉那位先生，我想问他几个问题。"

警察接受命令，立即去寻找那位先生。有人瞧见他在门口点烟，还把烟拿给几个警察抽，而后就去了湖边，还说需要的话，他随叫随到。

众人一齐喊他，可就是没有回音。

一个警察朝湖边奔去，发现那位先生正登上小船，拼命地划离岸边。

警长这才如梦初醒。"抓住他，我们上当了，那家伙是同谋……"

他立刻叫几个人看守尸体，自己带了两个警察，跑到码头上去。到了那儿一看。在淡淡的星光下，那条小船已经离岸有一百多公尺，正向着对岸很快地驶去。

小船上的罗宾一面划着，一面摘下帽子来，像是开玩笑似的，把帽子高高举起，向这边不停地挥动，嘴里还唱着一首船歌："往前划吧，小水手，风儿推着你走……"

分局长看到邻家门前的防波堤上拴着一条船，就命令士兵监视湖岸，若发现逃跑者企图上岸，就予以逮捕。说完，就带着两个警察翻过两座花园之间的篱笆，划船追赶。

借着时隐时现的月光，可以辨别出逃跑者的航迹，知道他打算斜穿过湖面，向右边的圣格拉吉安村划去。这一来追赶就容易了。

警察分局长不久便发现自己船轻，划桨的人多，速度很快。才十分钟，他们和逃跑者之间的距离就缩短了一半。

"我倒想结识一下那家伙，他胆量倒不小啊！"警长说。

小船在水面上疾驶而过，越来越接近目标了。奇怪的是，他们的对手却是纹丝不动，这种情况令人不解。是的，有许多强盗，自己活不成，也不会放过对手，他们会先发制人击毙对手，或者与对手鱼死网破。因此，对这些亡命之徒，警察尤其要高度警惕。

"投降吧！"警长喊道。

没有回应。警长命令自己的人趴倒在小船里，以免受到袭击。

小船在水流的冲击下跟那只船接近了。

"投降吧……否则……"

还是没有回应。

"放下武器，我数三下就开枪……开始数了……一……二……"

没等警长数到三，警察就开枪了，并且用力推动小艇使之靠拢那条小船。

警长用枪瞄准对手，大声喝道：

"把手举起来！"

可是，罗宾并没举起手来，并且连头也不抬一抬，还是低着头，直望着下面。

警长于是小心地把他们那艘小艇，靠到罗宾的那条小船旁边去，然后拿出手电筒来照了照，不禁惊叫一声了。

原来罗宾并不在那里，那个低着头坐在船里的黑影，是一尊偷出来的女神像，上面套着一件上衣，戴着一顶帽子，看起来很像一个人！

警察们借着火柴的亮光，查点犯人留下的东西。帽子里面什么标志都没有，衣袋里也是空空的，既没有证件，也没有钱包，然而，他们还是发现了一件东西，它将对未来的案件发生重大影响。甚至可能决定吉尔贝和沃什勒的命运——在这件衣服的一个口袋里，发现了一张名片，上面写着——亚森·罗宾。

就在警察们搜索小船，岸上的士兵伸着脖子观望水面的追逐的时候，罗宾已经在他原来上船的地方上了岸。

格罗内尔和勒巴鲁在那里接应他。他简单地交代了一下，用皮衣把自己包起来就上了汽车。汽车载着他和议员先生的安乐椅和古玩开到奈伊，那里是他的家具储藏库。他自己则乘坐出租汽车抵达巴黎，在圣·菲利浦·迪·卢勒区附近下了车。

在离那儿不远的马蒂昂街，他有一个除了吉尔贝以外，谁都不知道的隐秘住处。

回到屋里，他换了件暖和的衣服，用手摩擦着冻僵的身体，习惯性地把口袋里的东西掏出来放在壁炉上。这时他才开始仔细打量着那件吉尔贝和沃什勒两人争夺的东西。

这是一个水晶制成的长颈瓶的瓶塞，它与普通瓶塞有点不同——瓶塞顶部至中心凹槽部分是镀金的。

这瓶塞没有任何引人注目的地方。

难道吉尔贝和沃什勒坚持要得到的就是这么一个瓶塞？

他们就是为了它才杀死仆人，延误了宝贵的时间；为了它甘愿上法庭、坐牢房……甚至不惜掉脑袋？简直是开玩笑……

他伸出两个手指头，把那瓶塞子夹起来，对着灯光照了一下，又放在手里掂了掂，估计了一下重量，可是，仍旧没有发现什么奇特的地方，那只是一个玻璃瓶塞子而已。

尽管事情离奇古怪，然而疲倦袭来，他已没有心思再去想了。他随手把瓶塞放到壁炉架上，倒头便睡去了。

这一夜他做了噩梦，梦见吉尔贝和沃什勒跪在牢房的石地板上，发狂地向他伸出双手，嘴里还发出可怕的号叫。"救救我们！救救我们！"他们叫着。但他费尽气力也无法动弹，仿佛被看不见的绳索捆住了。他眼前不断地出现可怕的景象，他浑身颤抖着，看着两个同伙做着临刑前的准备，看着他们梳洗，看着这阴森森的惨剧。

"这可不是好兆头，真晦气！"罗宾从噩梦中惊醒后喃喃自语。

他爬起身，去摸那个瓶塞，想再仔细研究研究，不料却惊出了一身冷汗，水晶瓶塞不见了……

二、九减八等于一

　　人们对于罗宾组织这个集团的内部情况知之甚少，正因为如此，大家对它也相当感兴趣。人们所知道的仅仅是，这个集团内正式成员人数很少，多数是一些处于各个阶层和各个独立团体的临时成员，他们在一个素不相识的权威人物的领导下完成任务。这个权威人物就是罗宾。罗宾集团的冒险行动在常人看来是难以理解的，这是一种以一群几乎素不相识的人的献身精神、坚强的毅力、群众的智慧、团结的力量、服从于绝对权威人物的意志所完成的冒险活动。因此这个集团尽管人数不多，却足以令人生畏。这个集团有限的几个正式成员是权威人物忠实的伙伴，他们穿梭于主人与临时成员之间，起到了很好的桥梁作用。

　　看来，吉尔贝和沃什勒就属于这类核心人物。因此，司法部门抓到他们绝不留情。这次是当局破天荒第一次抓到罗宾的同伙，而且是毋庸置疑的同案犯，人证物证俱在。如能证明是预谋杀人抢劫，而且仆人的确是他们二人所杀，他们无疑要被送上断头台了。他们掌握的一个确凿的证据就是雷奥纳尔临死前的求救电话："救命啊！抓坏人……他们要杀人了！"

　　这个最后的绝望呼喊被两个人——电话值班员和他的同事听到了，二人确证无疑。警察局局长正是收到了这个求救的信息才率领手下一班人马赶赴玛丽·特莱斯别墅的。

　　此次行动之初，罗宾就有些担心这次行动会失败，结果证实他的担心并不是多余的。更为糟糕的是，这次冒险活动不再是一次大快人心的盗窃，不再是使那些阔佬或投机者的不义之财曝光后赢得舆论支持的盗窃，而是变成了一件凶杀案——一个可怜的仆人被杀了，自己的两个忠实同伴也许会被送上断头台。

在一本他用来记述自己经历的笔记本上写下的话，可以说明他当时的困惑：

"首先，有一点可以肯定，吉尔贝和沃什勒欺骗了我。昂吉安行动表面上是盗窃玛丽·特莱斯别墅的财物，其实有一个私下的目的。在整个行动中，他们俩都记挂着这个目的。他们在家具和壁橱里寻找的正是那个水晶瓶塞。因此，如果我要弄清情况，首先就必须知道那个水晶瓶塞有什么秘密。肯定，由于隐秘的原因，那神秘的玻璃球在他们眼里是无价之宝……而且，不止他们俩是这么认为，因为昨夜，有一个人潜入我房间，偷走了那个瓶塞。"

最费解的是两个问题：一是夜里进来的这位不速之客到底是什么人？吉尔贝是罗宾的心腹和私人秘书，除了他，没人知道位于马蒂昂大街的这个住所。可吉尔贝已被逮捕，难道是吉尔贝招了供，把警察引来这里的？果真如此，警察为何不逮捕罗宾，而只拿走那个水晶瓶塞呢？

更令人奇怪的是：就算是有人撬门而入——尽管没有什么迹象证明这一点，可这个人又是如何进入卧室的？罗宾昨晚并未改变多年养成的习惯，睡前把卧室的门上了锁，而且插上插销；门锁和插销都原封未动——这是明摆着的——而水晶瓶塞却不见了。他睡觉时向来保持警觉，但这回竟没有发觉一点点响动！

他很清楚，寻找是徒劳的，这事有待其发展，否则是干着急。然而，他的计划已露破绽，有可能一败涂地，因此他决定放弃马蒂昂大街旁的这套夹层套房，并决心不再返回。

罗宾想尽一切办法欲与吉尔贝和沃什勒取得联系，但是这些努力都是白费心机，事情没有丝毫进展。警察虽然没有确凿证据证明罗宾是同谋，但是慎重起见，他们还是把吉尔贝和沃什勒投进了巴黎的森特监狱，并且准备在巴黎预审此案。而且，为了防止罗宾与受监禁者之间取得联系，警察局制定了一套相当严密的防范措施，派出那些老练的警察二十四小时轮流监视着吉尔贝和沃什勒。

这时罗宾还没有爬上保安局长的高位（这可是他仕途上的光辉一页），因此他没有有效的方法来实施自己的计划。

辛勤努力了十五天却一无所获以后，罗宾不得不放弃了原有的计划，开始寻找新的突破口。

　　这水晶瓶塞的第一个主人多布里克，对瓶塞的价值一定十分清楚。还有一个问题：吉尔贝究竟是怎样摸清多布里克议员的起居和行动规律的？他是如何监视多布里克议员的？又是谁把多布里克当晚的去向告诉他的呢？这些问题都不得而知。

　　玛丽·特莱斯别墅盗窃案发生之后，多布里克便搬到巴黎他的冬季寓所里去了。他那座寓所位于拉马丁街心公园的左面，公园正对着维克多·雨果大街。

　　罗宾装扮成一个退休老人，拄着手杖，在街上闲逛。他时而转到寓所附近，时而在街心公园或雨果大街边的长凳上休息。

　　他第一天就发现了一件事：有两个人在监视议员的私邸。尽管两人都是工人打扮，但一看那做派，就知道他们是干什么的。多布里克一出门，他们就跟上去；议员回家来，这两人也跟在后面。晚上寓所的灯光一灭，他们就离开。

　　罗宾跟踪这二人后发现他们是官方的侦探。

　　"嘿，"罗宾心想，"这可是意外情况，他们难道怀疑起多布里克先生？"

　　第四天夜幕降临的时候，罗宾又发现了新情况。原来那两个家伙跟另外六个人躲在拉马丁街心公园一个最阴暗的角落里秘密会面。罗宾一眼就认出了那六个人当中的一人是帕斯维尔。这位昔日的律师、体育明星兼探险家，现今是爱丽舍宫的大红人。近来由于某种不为人知的原因，升任了警察局的秘书长。

　　罗宾忽然想起，两年以前，帕斯维尔与多布里克议员曾在波旁宫广场搞过一场轰动一时的未遂决斗。谁也说不上究竟他们二人为了什么要决斗。帕斯维尔当天曾派了自己的证人前往，可是多布里克却临时变卦了。在那之后不久，帕斯维尔就当上了秘书长。

　　罗宾对帕斯维尔的出现感到很奇怪，于是，他目不转睛地盯着这伙人的一举一动。

　　大约晚上七点钟，帕斯维尔一伙来到了亨利·马尔丹大道。

　　多布里克从小花园走出寓所，立即被两个暗探盯了梢，他们一起在泰特布街上了电车。

　　那边，帕斯维尔一伙马上按响了寓所的门铃。女看门人开了门，在与他们急促地窃窃私语以后，把这六个家伙领了进去。

"看来，这是一次秘密搜查。"罗宾心想，"这个搜查不应把我排除在外，这是我的差事。"

这会儿，寓所的门还没关上。罗宾便跟了进去。经过门房时，他用一种仿佛别人在等他的口气问："他们都来了吧？"

"是的，都在书房里。"

罗宾大摇大摆地进了寓所。

"如果遇上那帮人，我就说自己是送货工人，他们不会怀疑我的。"他暗想。

结果走廊和餐厅一个人也没有，他穿过空无一人的前厅和餐厅，从餐厅与书房之间玻璃门的反光上，可以看到帕斯维尔和他五个手下的身影。

帕斯维尔用万能钥匙打开办公桌上的各个抽屉，拿出里面的文件逐一翻阅。其他人则把一摞摞书从书架上取下，剥开书皮，看封皮里是否藏着东西。

"他们原来在寻找秘密文件。"罗宾屏着气息，悄悄地在那里看着。

"找不到，白费了一番心思。"帕斯维尔气愤地说着。

可是，他并不就这样死心，又从柜子里拿出四瓶酒来，把瓶塞拔下，用手电筒照着，翻来覆去地察看。

"原来这些家伙也正在找那个瓶塞。"

而后，帕斯维尔又拿起其他零碎东西，一一仔细审视。

"这儿你们来过几次了？"

"去年冬天来过六次。"有人回答。

"彻底搜查过吗？"

"每个房子都搜查过了，而且搜了好几次，因为他当时正在巡回竞选。"

"可是……可是……"他又问：

"眼下他家里没有佣人吗？"

"没有，正在找。他在饭馆吃饭，只有那个女看门人替他收拾房间。那女人完全忠于我们……"

帕斯维尔搜了一个半小时，把每件小玩意都拿起来仔细察看，又小心地放回原处。到九点钟，跟踪多布里克的两个侦探突然闯进来。

"多布里克回来了。"

"他是坐计程车吗?"

"不，走路。"

"那还来得及，我们把东西放回原处，别让他看出来。各位千万不要慌张，不要把东西放错位置，即使弄错一点点，也会露出破绽。那家伙是个阴险的人，丝毫也不能大意!"

不大一会儿，他们一起离开了。

这伙人的离去令罗宾进退两难。要是走的话，可能会在出门时碰上多布里克;留下的话，有可能找不到离开的机会了。他注意到餐厅的窗子正朝街心公园，便决定留下来。这样做，可以就近观察多布里克，这是个千载难逢的机会。此外，多布里克可能刚刚吃过晚饭，不一定马上就到餐厅里来。

罗宾透过餐厅隔间布幔的缝隙，第一次看到了多布里克的面孔。他一看，就觉得这个家伙的确是不大好惹的样子。

他是一个精壮结实的家伙，很像一个拳击手。在他那一副岩石般的肩膀上，有一张肥肥胖胖的脸;剃着一个光头，又光又亮;从他的脸颊一直到下颚都长着细针般的花白胡子。他的眼睛似乎不大好，在普通的眼镜上面，还罩着一副墨镜。这镜片后到底是一对怎样的眼睛，没办法看出来。他的下颚长得方方的，很像猩猩的下巴，两只手也像猩猩的前肢一样又长又粗，两条腿有点弯，走起路来，那副弓着背蹒跚而行的样子，更像一只猩猩了。

多布里克走到办公桌前坐下，掏出烟斗，打开一包烟丝，填进烟斗里，点燃后，开始写信。

写着写着，他突然停下了，盯着办公桌的一个地方，陷入了沉思。他拿起了一个装邮票的小盒仔细地查看着，又检查了一些被帕斯维尔摸过又放回原处的东西的位置。然后，他用那毛茸茸的右手按了电铃。

女看门人进来了。

"他们又来了?"

女看门人低头不语。

"克莱芒丝，难道是你打开过这个装邮票的小盒子?"

"不，先生。"

"那么，你怎么解释我封在盖口的胶纸已经碎了？"

"我可以保证……"那女人说。

"你何必说谎呢？"他说，"既然我说过让你放他们进来。"

"因为……"

"因为你想两边得好处……好吧！"

他递给她一张五十法郎的钞票，又问："他们来过了？"

"是啊，先生。"

"还是春天那些人吗？"

"对，那五个……还有一个……指挥他们的。"

"一个高个子？棕头发？"

"对。"

亚森·罗宾注意到多布里克咬了咬牙齿，又问下去："就这些人？"

"后来又进来一个，找他们……刚才，那两个总在外面监视的人也进来了。"

"他们都在书房里？"

"是的，先生。"

"我回来他们就走了？也许就在我进屋前几分钟？"

"是的，先生。"

"你可以走了。"

女看门人走了。多布里克又写了起来。一会儿，他伸直胳膊，写了些什么在桌边的白纸本上，又竖起这个本子。

罗宾看见上面写着：

$$9 - 8 = 1$$

多布里克认真地念了一遍这个算式。

"一点不错。"他大声地说。

然后，他又写了一封短信，信封上还写了地址。他把信同小本子放在一起，罗宾认出上面写的是：

"警察局秘书长帕斯维尔先生收"

然后，他又按了按铃。

"克莱芒丝，"他问女看门人，"你小时候上过学吗？"

"当然上过，先生！"

"学过算术吗？"

"先生，你……"

"因为你做减法不行。"

"为什么？"

"你连九减八等于一这个最简单的算式都不知道吗？"

多布里克站起来，背着手在室内踱了几圈，停在餐厅前面，打开了门，说："此外，这个问题还可以用别的方式表述：九个人走了八个，还剩下一个，这个人是谁？剩下的这个人就在这里，嗯？我算得很准。这位先生将为我们提供有力的证明，对不对？"他用手拍了拍丝绒门帘。亚森·罗宾刚刚闪到门帘后面。

"说实话，先生，你卷在里面会闷死的，还不用说我也许会用匕首戳帘子来找乐子……你想一想哈姆雷特说的话，想一想波诺涅斯是怎么死的吧……'是一只老鼠，我对你说，一只大老鼠……'喂，波诺涅斯先生，从洞里出来吧！"

罗宾何时受过这种侮辱！他简直要气昏过去了。向来都是他去戳穿别人的把戏，把他们挖苦一番，他怎么能容忍别人来拿他寻开心！可是如今他却是无可奈何。

"波诺涅斯先生，你的脸色可不怎么好啊，对，你就是前几天常在街心公园溜达的那位绅士！那么，你也是警察局的人，波诺涅斯先生？喂，不要那么垂头丧气的！我不会对你怎样……你看，克莱芒丝，我算得对吧！照你刚才所说，总共来了九位侦探。可我刚才回来时，远远地数了数，是八个。九减八还剩一个。这一个想必是留下来继续侦察了。他就是那位先生了。"

"是又怎么样？"亚森·罗宾说，他恨不得扑到那家伙身上，逼他住口。

"怎么样？不怎么样，伙计。你还想要我说什么呢？戏已经演完了。我只想请你把我刚才写的短信交给你的主子帕斯维尔先生。克莱芒丝，领波诺涅斯先生出去。他什么时候再来，你尽管给他敞开大门。你在这里就像在自己家里，波诺涅斯先生。我是你的仆人……"

亚森·罗宾犹豫了一下，想压压对方的气势，说句道别的话，就像演员从戏台深处向观众致辞，好体面地退场，至少带着战斗的荣誉下台。可是他败得那么惨，实在想不出什么话好说，只好把帽子使劲往头上一罩，跺了跺脚，跟着女看门人走了。如此谢幕真是太丢面子了。

"可恶的家伙！"罗宾一出门，回头朝多布里克的窗子骂道，"恶棍！无赖！议员！你得为这事付出代价！啊！你竟敢……啊！先生，你可真有胆量！好吧，我向上帝发誓，迟早有一天要……"但他内心深处不得不承认这个新对手很厉害，也不能否认他在这件事上所占的上风，因此越发恼怒。

唉，多布里克可真是个难啃的骨头。罗宾甚至有点佩服他应付巴黎警察局那伙人的自信，遇事的沉着和惊人的冷静，他确实是一个性格强硬的家伙，一个镇定自若、头脑清醒、胆大心细的铁腕人物。不过，罗宾实在难以忍受那家伙对待自己的无礼和傲慢口气。

罗宾感觉自己就像一只迷途的羔羊，无意中闯入了一场激烈的斗争中，他既不知道斗争双方的立场，又不了解他们的计划。他卷入了这场迷局，斗争双方难道会为一个普通的再也不能普通的水晶瓶塞打得头破血流吗？

只有一件事值得庆幸，那就是多布里克没有看破自己的身份，以为他也是为警察局干事的。如此说来，不管是多布里克还是警察局，都不知道今天又有个第三者介入这场赌博中。这是罗宾唯一的撒手锏，有了这撒手锏，他就可以运筹自如了。对他来说，这是最大的收获。

他毫不犹豫地打开多布里克要他交给警察局秘书长的信。信上写道：

它就在你伸手可及的地方，我的好帕斯维尔！你已经碰到他了！稍稍努一点力，就到手了……可是，你太蠢了。他们竟找不出一个比你强的人来迫使我推翻可怜的法兰西！再见了，帕斯维尔。如果你被我当场抓住，那就该你倒霉，我会叫你吃枪子的。

多布里克

"就在你的手边……"罗宾喃喃自语，"不错，最不起眼的地方也是最安全的地方。这只猩猩也够聪明的……奇怪，他为什么会被警察局监视得如此严密呢？看来我得搞点这家伙的个人资料。"

不久，罗宾就得到了手下人收集到的有关多布里克的材料：

多布里克接连当选五次国会议员，不属于任何党派，他的政见很模糊，每次选举他都花了很多的钱，所以他总是以最高票数当选。

他除了在巴黎有个活动中心以外，在昂吉安湖畔和尼斯海岸还各有一幢别墅，过着豪华阔绰的生活。可是，他并没有固定财产，不知他到底是从哪里筹来那些高昂的选举费用的。

在政界中，无论是官吏、议员还是各界名流，都很拥护他，所以他有很大的势力，连政府也没有什么办法来对付他。

"这只是一些公开性的流水账，"反复读了这份摘要，亚森·罗宾寻思，"我需要的是他私生活的情况，需要警察局的档案材料，以便了解他的生活，从而能暗中行动，知道同他打交道会不会陷入困境。"

天哪，时间过得真快！

亚森·罗宾那期间住在凯旋门附近夏多布里安街的一套房子里。这也是他最常来的地方。他在这里用的化名是米歇尔·博蒙。那是一栋舒适的房子，还有一个仆人，叫阿西尔，是个可靠的人。罗宾手下人打来的电话均由仆人向他汇报。

罗宾一踏进自己的居所，就得到一个令他惊讶的消息：一个人已经等了他一个多小时。

"客人？我这地方应该不会有人知道啊！是男的还是女的？"

"女的。她用围巾蒙着脸，所以看不清楚她的脸孔，不过，我猜她是一个非常漂亮的女子。她身上穿着一件黑衣服，看她那样子，不是一位商店的女店员，就是一位女服务员。"

"她是来看我的吗？"

"是呀，她说要找米歇尔·博蒙先生。"

米歇尔·博蒙是他搬到这里以后才开始使用的一个化名，知道这个化名的人寥寥无几。

"奇怪得很！她没说为什么事来找我吗？"罗宾很小心地问。

"她只是说为了昂吉安的事……所以，我以为……"

"噢，这么说她知道我参与了昂吉安的事了……"

"我没从她那儿得到什么消息，不过，我认为你有必要见见她，所以……"

"你做得很好,阿西尔。她人呢?"

"我把她带到了客厅。"

罗宾三步并作两步地赶往客厅。

"一个人也没有啊?"罗宾喊道。

"怎么会?"阿西尔也冲进来。

客厅里的确是没有人。

"简直难以置信,二十多分钟以前,我分明看见她还待在这里,我不会看花眼的。"

"行啦!"罗宾不耐烦地喊道。"她在客厅时,你在哪里?"

"我在大门口,一步也没离开过,可是,并没看到那女人从大门口出去呀!奇怪,她到底从哪儿溜走的呢?"

"还不是从这里!"罗宾用手指了指窗户,又说:"窗户已经打开了,窗外的泥土上还有女人的皮鞋印儿哩!"

罗宾十分仔细地在屋子里到处查看了一下,却没有查到什么,也没有丢任何东西,这实在令人感到奇怪。

"今天有人来过电话吗?"罗宾问道。

"没有。"

"傍晚也没有信送来吗?"

"有,末班邮差送来一封信。"

"我看看。"

"我把那信像往常一样放在先生卧室的壁炉架上了。"

罗宾的卧室与客厅相邻,但罗宾把连接两个房间的门锁住不用,因此,要进卧室,必须经过前厅。

罗宾打开灯,四处翻找,一边嘀咕道:"怎么找不着啊?"

"就在那上面,我把它放在酒杯旁了。"

"可这儿什么也没有。"

"你再找找。"

于是,阿西尔拿开酒杯,搬掉座钟,又低头弯腰往地上找……信真的不见了。

"嘿!真见鬼!见鬼……"阿西尔气狠狠地说,"是她干的……是她偷走的……一拿到信就溜了……好啊，这个鬼婆娘！"

罗宾却说："你糊涂了！这两个房间根本走不通啊！"

"那你说是谁呢，老板？"他们俩都不说话了。

亚森·罗宾竭力压住怒火，集中心思。他问："你仔细看了那封信？"

"看了。"

"有什么特殊的地方？"

"一点也没有，普普通通的信封，地址是用铅笔写的。"

"啊？铅笔写的？"

"对，好像是匆匆忙忙写的，确切地说是胡乱涂画的。"

"地址是怎么写的……还记得吗？"亚森·罗宾不安地问。

"记得，因为我觉得很滑稽。"

"说吧！说啊！"

"德·博蒙·米歇尔先生亲启。"亚森·罗宾使劲摇着仆人：

"是'德·博蒙'吗？你肯定？米歇尔写在博蒙后面？"

"绝对没错。"

"啊！"亚森·罗宾声音哽塞地说，"是吉尔贝写来的！"

他一动不动地愣在那里，面色苍白，脸上直抽搐。毫无疑问，这是吉尔贝的信！多年来，按他的吩咐，吉尔贝一直用这种称呼与他通信。吉尔贝不知在牢里等了多长时间，动了多少脑筋，才终于想出办法匆匆写了信，让人把信寄出来。可是，这封信却被人偷走了！到底是什么内容呢？可怜的囚徒说了什么？要求什么帮助？提出什么建议呢？

罗宾渐渐冷静下来。他仔细检查了一遍卧室，要知道，这里有一些重要的证件。然而除了那封信，其余的东西都在。看来，那个神秘的女人是冲着那封信来的。

"信是什么时候到的？"

"那个女人和邮差是同时到的。"

"她能看到信封吗？"

"当然能啊！"

看来，那个神秘女人的确是为这封信而来。可是她是怎么偷走这封信的呢？卧室的窗子是紧闭着的，她不可能从客厅的窗子爬到卧室的窗子。那么，她打开了通向卧室的那扇门？这也不可能。因为这个门现在依然锁着，外面还有上下两道门闩。

难道她会隐身术？要想进卧室，然后再出去，那必定要有个出入口，而她的一进一出是在短短几分钟之内完成的，所以这个出入口必定是在卧室外面，而且是事先就准备好的。这个陌生女人对此早已了如指掌。经过这样一番推理，罗宾便缩小了检查范围，把注意力集中到那扇门上。因为墙壁平整光洁，上面既没有壁橱和壁炉，也没有任何可以隐蔽一个暗道的帘子和壁画饰物。

罗宾回到客厅，仔细研究起那扇门来。他突然一阵激动。因为他一眼就发现门的左下方，在几根横木之间的六块镶板中，有一块稍微有一点错位，并且表面的光泽暗淡。他弯下身去，发现有两枚很小的铁钉支撑着这块门板，就像人们通常用铁钉卡住镜框的后挡板那样。把钉子一掰开，那块门板掉下来了。

阿西尔惊叫起来。可罗宾却淡淡地说：“这又怎么样？这也帮不了咱们多少忙。这块长方形的孔洞，长不过四十厘米，宽不过十八厘米，你说那女人会从这小洞子里钻进去？别说是她，就是一个半大的孩子，不管他多么瘦小，也不可能钻进去！”

“是钻不过去，但可以伸进手，把门闩拉开。”

“拉底下的门闩可以，上面的够不着。你试试就知道了。”阿西尔试了一下，的确不行。

“那么，信是怎么拿走的呢？”她问。

罗宾沉默着，久久地思考着。

然后，他突然命令道：“给我拿帽子……大衣……”

他冲到外边，拦住一辆出租汽车：“去马蒂昂街……”

那座房子还没有租出去，仍旧空在那里，他从后门溜了进去，上楼去推了推房间的门，门上的一块木板就掉了下来。

“见鬼！”罗宾气得直骂，两个小时以来积压在他胸中的怒火喷涌而出，“狗杂种！看我怎么对付你们！”

这是怎么回事？倒霉的事总是缠着他，他就像个没头苍蝇乱冲乱闯，他那原有的顽强意志，整个事件中的一系列有利因素都未能让他获胜。吉尔贝交给他水晶瓶塞，又在艰难中给他写了信，而这两件东西居然不翼而飞了。

这一定是有目的、预谋好了的。这个对手真是厉害，巧妙地向他发起进攻，出其不意地重创了他两次，而他，甚至连敌手是谁、在哪儿都不知道。他可是有生以来第一次败得如此惨！

他越来越恐惧。法庭审判的日子越来越近了，到时候，吉尔贝和沃什勒——他的战友，就会被送上断头台……他简直不敢再想下去。

他内心对未来越来越担忧。一个日期在他眼前闪现。这是他下意识地为司法当局定下的可怕日期。司法当局将在这一天实施报复。在这一天，也就是四月某一天早晨，两个与他并肩战斗的伙伴将要登上断头台，受到可怕的惩罚。

三、生活隐私

警察搜查后的第二天，多布里克议员吃过午饭返回寓所时，女看门人克莱芒丝喊住了他，说她好不容易为他找到了一个十分可靠的女厨子。

不久之后，这个女厨子就被带来了。她出示的证件都没有问题，随时可以向证件上签字的人打电话了解情况。女厨子虽上了点年纪，但手脚还算麻利。她同意自己一人包揽所有的家务，无须别的仆人帮忙。这也是多布里克所要求的。他希望将受人监视的可能性限制到最小。

在此之前，她曾在国会议员索勒瓦公爵家干活。多布里克立即给这位同僚打电话，了解这个女人的情况，索勒瓦公爵的管家接了电话，对她大加赞誉，于是她被雇用了。

厨娘整个下午都在打扫卫生和在厨房里忙碌。

晚饭后多布里克出去了。

将近十一点时，女看门人睡着了。厨娘偷偷把花园栅栏门打开了一条缝，一个男人从门缝里挤了进来。

"罗宾?"

"是我。"

厨娘把罗宾引到四楼一间窗子朝花园的房间里，这是安排给她休息的房间。

"你总是给我找麻烦！就不能让我安静点，别让我来干这么一大堆活！"

"有什么办法，我的好维克朵娃！每当我需要一个模样可敬、品行端正的人时，我总是想到你。你应当高兴才是。"

"瞧你这得意劲！"她抱怨说，"你又把我投进狼窝，还拿我来打趣!"

"可你到底有什么风险呢?"

"有什么风险?我的证明都是假的!"

"证明从来都是假的!"

"如果多布里克发现了怎么办?他要是去调查呢?"

"他已经给那位索勒瓦公爵的管家去过电话了。"

"啊,这不坏了吗?"

"管家可是对你称赞不已呢。"

"可他并不认识我啊!"

"我认识他就行了,他是我安插在索勒瓦公爵家的人。"

"噢,原来如此。"

"这下你放心了吧?"

"说吧,你想让我帮你做什么?"

"我要住在这儿,我睡在扶手椅上。"

"你是吃我的奶长大的,把我的半间住房让给你,没有问题。还有呢?"

"给我一些必要的食物。"

"就这些吗?"

"当然不止这些。你还要在我的指导下,搜查这所房子,找到……"

"找到什么?"

"一件珍品,一个水晶瓶塞。"

"噢,圣母玛丽亚!就找一个水晶瓶塞呀!要是,要是找不到怎么办?"

罗宾严肃地盯着她,一字一顿地说。

"要是找不到,你心爱的小宝贝吉尔贝,还有沃什勒,就要被押上断头台了。"

"沃什勒那个坏家伙,他死不死不干我事……可吉尔贝……"

"看见今天的报纸了吗?事情的发展不大妙。沃什勒控告吉尔贝杀害了仆人。这是说得通的,沃什勒用的那把匕首是吉尔贝的,这一点已经刊登在今天早晨的报纸上了。吉尔贝虽然脑子聪明,却很胆小,他被吓得不知所措，于是就瞎编乱说一气。可他这样做，前景就不妙了。事情就是这样。你愿意助我一臂之力吗？"

半夜，议员回来了。从那天起，连着好几天，亚森·罗宾都按照多布里克的起居习惯安排活动。多布里克一离开公寓，他便开始在屋里寻找。他干得十分有条理，把每个房间分成几部分，一部分一部分仔细搜查，每个小角落都要翻过，每一处可能藏东西的地方都要查看过，才转入下一间。

维克朵娃也没闲着。可以说每一个地方都处于他们的视线中，像桌腿、椅背、刀片盒、电线槽板、镜框、画框、挂钟内外、塑像底座、窗帘边缝、电话，还有其他的用具等等，所有可以用来藏东西的地方都被仔细地查了个遍。

他们还密切地监视着议员的一举一动，甚至每一个值得注意的表情，他目光所及之处，他翻阅的书籍以及他写的信都要被查阅一番。

多布里克的生活规律得近乎机械。下午去议会，晚上去俱乐部，而且没有任何人上门打扰他，这给罗宾他们的行动带来了莫大的方便。

可是，他们什么也没有找到。

"不管怎么说，他身上总有那么一种叫人感到诡异的感觉。"罗宾说。

"依我看，这纯粹是白浪费时间。"维克朵娃唠叨着，"迟早咱们要给人抓住。"

警察局暗探在门外出现，他们在窗前走来走去，这可把维克朵娃给吓坏了。她认为这些人到这里来不是为别的目的，就是为了抓她维克朵娃。每次外出购物，她都奇怪为什么这些人不来抓她。

一天，她神色慌张地回来了，双手不住地颤抖着。

"维克朵娃，出了什么事？"

"哎呀……"

她坐下来，好半天后，才结结巴巴地说："在水果店……一个人……他……他走过来和我说话……"

"和你说话？"

"是的……他还交给我一封信……"

"怎么了？"

"他说，'这是给你老板的。'我说，'我的老板?'他又说，'对，给那位住在你房间里的罗宾先生。'"

"啊?!"亚森·罗宾打了个哆嗦。

"给我看看!"他说，从她手里夺过信。信封上没写收信人的地址姓名。不过，信封里面还套了一个信封，上面写着：请维克朵娃转交亚森·罗宾先生。

罗宾撕开信封，里面滑出一张纸，纸上是几个用大写字母写成的粗字："放弃吧……你这样做不仅无益而且很危险……"

维克朵娃叫了一声便晕过去了。罗宾感到自己受了一种空前的侮辱，脸唰地通红，就像一个决斗者隐藏的秘密，被对手嘲讽地大声揭露出来一样。

他没有再说什么。维克朵娃继续在议员家干活，他自己则终日藏在她的房间里苦苦思索。

夜里，他辗转不眠，脑子里翻来倒去：

"这真是一个离奇复杂的案子，只是那样一个玻璃瓶塞，竟有那么多人在暗中争夺。他所知道的，就有吉尔贝和沃什勒。其次，是多布里克和警察总监秘书长帕斯维尔。这两个人是曾经一度要决斗的仇人。

"现在我又被卷了进来。我只认为多布里克议员是个最大最坏的强敌，真想不到，另外还有一个看不到的敌人，那就是写这封信的人……哦，对了，一定就是那家伙，就是那个到我房里，偷走那个瓶塞的家伙……这样看来，那家伙就是找过我的那个黑衣女人。"

那个女人到底是谁呢？罗宾一想再想，实在想不出那个女人到底是谁。他整整想了一夜，几乎没有闭过眼睛。

到了快要天亮的时候，当罗宾迷迷糊糊，正想入睡的时候，隐约听到有关门的声音，他机警地跳起身来，从三楼女佣室的窗口，向下面看了看，他看到多布里克议员悄悄地从大门里走了出去。

一分钟后，多布里克打开了栅栏门。进来一个身穿高领大衣，并把头深深地埋在衣领里的人，他跟着议员来到办公室。

罗宾考虑问题相当周到的，他事先在他住的房间的凉台上悬挂了一个绳梯，从这儿下去，很快就能滑到多布里克办公室的窗子边。

窗子已经被百叶窗帘遮住了，但圆形窗上边的窗楣却没有遮挡。这样，罗宾虽然听不见谈话，屋里发生的一切却能尽收眼底。

那人脱掉了大衣，原来是个女人。她的黑发中掺杂了不少灰发，但还算年轻。她身材修长，有一张秀丽的脸，装束虽然朴素，但仪态十分高雅。但是，她的表情很忧郁，好像经历了无数的痛苦和打击。这是一种哀伤的美。

"喔唷，这个女人……我好像在什么地方见过……看她那副眼神，那张嘴巴……好像在什么地方曾经见到过。"

他目不转睛地盯着那贵妇，可是，总想不起来到底是在什么地方见过她。

她一动不动地站在桌子边，听多布里克讲话。多布里克也站着，情绪激动地说着。他背对着罗宾。罗宾欠起身，看到对面墙上恰有一面镜子映出议员的身影。罗宾惊讶地看到议员正用一种奇怪的、充满兽欲的目光窥视着他的女客人。

女人大概也被这种目光弄得不知所措，她坐下来，垂下眼睛。多布里克向她探下身去，似乎要用他那长胳膊去拥抱她。罗宾突然看到泪水从女人的脸上淌了下来。

或许就是这泪水使多布里克兽性大发，他猛然粗暴地抱住那女人，使劲把她拉入自己怀中。而对方则以一种充满仇恨的动作奋力将他推开。一阵短促的扭打之后，两人都住了手，面对面地站定，像仇人般互相斥责。罗宾注意到那男人的脸抽搐得变了形，显得非常凶恶。

不一会儿，两人都不再说话了。多布里克坐到椅子上，面带凶狠恶毒的表情，还夹着几分嘲弄的样子。他又开始说话了，同时用手一下下地敲击着桌子，好像在与对方商议什么条件。

女人却一动不动，不屑地挺起胸膛，心神不定地盯着前面。罗宾始终注视着她，被她脸上那种刚毅而又痛苦的表情吸引住了。罗宾反复思索在哪里见过这个女人。忽然，他发现那女人微微掉转头来，用一种不易察觉的动作向前移动着胳膊。亚森·罗宾看到桌子尽头有一个长颈瓶，上面有一个镶有金边的瓶塞。她的手已经够到瓶子，抓住了瓶塞。她的头飞快地一转，迅速扫了一眼，又把瓶塞放入瓶口。无疑，这不是她想找的东西。

"见鬼！"亚森·罗宾寻思，"她也在找水晶瓶塞！事情一天比一天复杂。"

当他再看到那个女人时，她的脸上带着一种可怕而又残酷的表情。她的手上不知何时已经多了一把匕首，她正不动声色地紧紧握住刀柄。

多布里克还坐在那里口若悬河地说着，他丝毫没有察觉到脊背上那双越举越高的颤抖的手，以及那双正在选择插匕首的地方的愤怒的眼睛。

"你在干一件蠢事，漂亮的夫人。"罗宾心里责备道。

他此刻已经在考虑如何脱身，并且带着维克朵娃离开这个是非之地。

这时，那只抬起的手却踌躇起来，但这种脆弱只是一过而逝的，她重又坚定了信心，那张充满仇恨的脸在剧烈地抽搐着。她终于做出了那个可怕的动作。

就在此时，多布里克一下弯过身，跳离椅子，转过身抓住那女人正向他挥来的细弱的手腕。奇怪的是，他连一句责骂的话也没说，似乎她企图做的事毫不奇怪。

多布里克耸耸肩，便不声不响地在房间里踱起步来，似乎对这类危险习以为常了。她扔下匕首，双手捂住脸哭起来，一抽一抽地，全身都在颤抖。他又走回她身边，敲着桌子说了几句话。

她表示不同意。但他执意坚持，于是她跺着脚，大吼起来，声音非常大，亚森·罗宾听到她在叫着："绝不！绝不！"于是，多布里克不再说话，把她的毛皮大氅拿来，披在她肩上。她则用一块抽纱围巾把脸包严。他送她出去。

两分钟之后，栅栏门又关上了。

"太遗憾了，此刻我不能跟着这个奇怪的女人，向她打听多布里克的事。如果我能同她联手，事情可能会好办得多。"

无论如何，有一件事需要赶快弄清。这就是多布里克虽然表面上起居有序，无可挑剔，可他会不会在夜间，当警察不再监视他的寓所时，偷偷地接待别的什么人呢？

于是，罗宾变动了一下日程。白天由他的两个同伴负责监视，他则在晚上值班。

次日，凌晨四点，又有动静，多布里克又带进来一个人。

罗宾急忙沿着绳梯，又来到窗楣那边。一个男子爬到议员脚前，抱住他的双膝，哭得很伤心。议员好几次都嘲笑着推开他，但他却紧抓住议员不放。

突然，他半站起身，一下掐住议员的脖子，并把他推倒在扶手椅上。多布里克挣扎着，脸涨得通红，经过一番殊死搏斗，多布里克逐渐挣脱了那个男子的控制。男子一下子瘫软下来，失去了斗志。对手反而被他制服了。他一只手抓住那男子的衣襟，另一只手狠命地抽了男子几个耳光。

那个男子脸色苍白，慢慢站起来，腿哆嗦着。他沉默了一会儿，猛地从口袋里掏出一把手枪，瞄准了多布里克。

那人就这样伸手举着枪，对准敌人站了十五到二十秒钟。然后，他慢慢地把手枪放回衣袋里，这显示出他有着极大的自制力。从他刚才那么激动的情况来看，这种自制力就更是令人印象深刻。他从另一个口袋里掏出钱夹。

多布里克走上前去。钱夹打开了，露出一沓钞票。多布里克一把抓过钱，数起来。这是一些 1000 法郎的钞票。一共 30 张。

那人看着多布里克数钱，没有任何愤怒的表示，也没说一句抗议的话。显然他明白，说什么都无用；多布里克铁石心肠，何必浪费时间去乞求他，或用谩骂威胁去出口气呢？难道这样做能伤害这个刀枪不入的敌人吗？即使多布里克死了，他也逃不脱多布里克的手心。

他拿起帽子，走了。

上午十一点，维克朵娃买菜回来，把罗宾手下人写的一封短信交给他，那上面写着：

昨晚去多布里克家的人是朗热鲁议员，左翼独立党主席。此人家庭人口多，个人资产很少。

"多布里克这家伙是个敲诈勒索犯，一个可恶的吸血鬼。"罗宾愤愤地想。

三天以后，又来了一位客人，他也留下了一笔数目可观的钞票。第四天，又来了一个人，给了议员一串珍珠项链。

根据同伴的情报，罗宾得知，前者是德舒蒙参议员，任过部长；后者是德布科斯侯爵，波拿巴派议员，曾经是拿破仑第三政治署署长。

两人与多布里克谈判的情景与朗热鲁差不多，每次均以多布里克的胜利而告终。罗宾感到再参加这样的拜访也不会了解到更多的情况，只需要派人弄清拜访者的姓名就够了，自己不应该再耽搁在这种无聊的事情上了。

"我已经目睹了四次来访。但就是看十次、二十次、三十次……也了解不到更多的情况了。我只要去调查来客的姓名就够了。我要去拜访他们吗？但用什么借口呢？他们没有任何理由相信我。另一方面，我还要留在这里做这些毫无进展的调查吗？维克朵娃不能独自继续下去吗？"

当天发生的一件事，使他下定了最后的决心。午饭后，维克朵娃断断续续地听到了多布里克打电话的内容。

从维克朵娃听到的对话中，罗宾获悉议员当晚八点同一位夫人有约会，并要陪她去看戏。

"还同六个星期前那次一样，我订一个包厢。"多布里克说。

他又补充道：

"但愿这段时间里，不会有人再来我家偷东西。"

罗宾心里清楚，多布里克今晚的行动，与六周之前他们在昂吉安别墅偷窃的那个晚上的活动，可能有相似之处。因此，弄清他与什么人约会，并搞清上次吉尔贝和沃什勒是怎样知道多布里克议员的约会时间是从晚上八点直到子夜一点钟，这非常重要。

午后，维克朵娃告诉罗宾，多布里克要晚些回来吃饭。于是罗宾由维克朵娃掩护离开了寓所。

他回到夏多布里安街自己的住所，打电话通知了三个同伴，让他们开车来接他，并把自己装扮成一位俄国亲王。四个人刚要出门，阿西尔送来了一份电报，上面写着：

"今天晚上你最好别去剧院，否则你只会使事情越变越糟。"

亚森·罗宾身边的壁炉台上有一个花瓶。他一把抓起来砸得粉碎。

"当然，当然，"他咬牙切齿地说，"我惯于玩弄人家，人家也来玩弄我。同样的办法，同样的手段。只是有一点不同……"可是，究竟有什么不同，他也说不大清楚。事实上，他十分困惑，被人搞得心慌意乱，手足无措。现在他继续坚持下去，只能说是出于固执，或者说只是不得已而为之。所以，他一下子就没有了自己平时一贯的那股热情和干劲了。

"我们走吧!"他对手下人吩咐道。

司机按照他的命令,把车停在拉马丁公园附近,但没有将车熄火,罗宾估计多布里克为了甩开那些监视他寓所的侦探,很可能会去乘出租车。他不想被他甩得太远。

可他低估了多布里克的智慧。

将近七点半,多布里克寓所花园的两扇门左右打开,从里面射出一道强烈的灯光。一辆摩托车从便道上急驰而出,沿着街心公园开过来,在罗宾的车前打了个弯儿,驶向布诺聂森林。车速如风驰电掣,罗宾休想再追赶上。

"好吧,祝你一路顺风……"罗宾自我解嘲地说,可他的心里实在是气愤至极,真想揍个人来出出气。

"回去吧。"罗宾只得沮丧地放弃。

晚饭以后,他们开着汽车,开始一个剧院一个剧院地寻找多布里克。罗宾先从他认为多布里克最可能去的轻歌剧院和歌舞剧院找起,没有。然后,他又找了上演严肃剧的文艺复兴剧院和吉姆纳斯剧院,还是没有。

晚上十点钟时,罗宾来到了沃德维尔剧院。他发现其中一个包厢被两扇屏风挡得严严实实。他买通了引座员,得知里面坐着一个矮胖的上了年纪的先生和一位戴着面纱的夫人。

那包厢的隔壁没有人,他便租了下来,然后出来找到那几位朋友,做了必要的指示,便回来坐下。幕间休息时,灯光强一些,他看到了多布里克的侧影。那女人坐在包厢里边,看不见。

他们两人在低声交谈。幕布重新拉起时,他们继续在谈,但声音很低,一句也听不清。

过了十分钟,有人敲包厢门。是检票员。

"是多布里克议员吧?"他问。

"是啊。"多布里克惊异地回答,"你怎么知道我的名字呢?"

"有人打电话找你,说你在二十二号包厢。"

"谁来的电话?"

"德布科斯侯爵。"

"他？怎么……"

"怎么答复他呢，先生？"

"我自己去吧。"

多布里克跟着检票员出去了。

他前脚刚走，罗宾后脚就出现在他的包厢里，并坐到了原来多布里克的位置上。

见到罗宾，那位夫人惊讶得张口结舌。

"嘘，别出声！"罗宾说道，"我有重要的话跟你讲。"

"我认识你。"她从牙缝里挤出几个字，"亚森·罗宾。"

这回轮到罗宾目瞪口呆了。这个女人不仅认识他，而且在他化装后仍然能够认出他！

他来不及否认，只是结结巴巴地说：

"你知道……你全部都知道……"

趁着她来不及反抗，罗宾一把撩开了她的面纱。

"天啊！这怎么可能？是不是搞错了……"

这个女人竟然就是那天晚上手举匕首，满怀仇恨地刺向多布里克的那人。

"怎么？你见过我吗？"她惊讶地问。

"几天前的一个晚上……在他的寓所里面……我看见你……手里拿着匕首……"

她起身要逃走。

他急忙拉住她说："我必须知道你是谁……正是为此，我才给多布里克打电话的。"

她更加惊慌了。

"怎么！打电话的不是德布科斯侯爵？"

"不是，是我的一个同伙。"

"那么，多布里克就要回……"

"不错，不过来得及……听我说……我们应当再见面……他是你的敌人，我要把你从他手里救出来。"

"为什么？为了什么目的？"

"你不要怀疑我……我们的利益肯定是一致的……我在什么地方能

再见到你呢？明天，对吗？什么时刻？在什么地方？"

"我想想……"

她盯着他，显然是犹豫不决，不知如何回答才好。看样子她想答应，但又有些担心。

"噢！我求求你！快回答！只要你一句话……说呀！一会儿让他撞见我在这儿就更麻烦了，我恳求你……"

于是，她一字一句地说：

"我是什么人……这无关紧要……我们可以先见一面，到时我会向你解释的……就这样，我们再见一次。听着，明天，下午三点在……"

夫人话音未落，只听"咚"的一声，包厢的门被一拳打开，多布里克回来了。

"这家伙坏了我的好事，眼看我就要得到我想知道的情况了。"罗宾气愤地咕哝着。

多布里克嘲弄地说："不出我的预料！我猜这里有鬼……哼！这种把戏早就过时了，先生。我走在半路就折回来了。"

他把罗宾推到包厢前面，自己坐到那个女人身边，说："喂，我的亲王，你到底是什么人呀？没准是警察总署的雇员吧？你像是干这差事的样子。"

他盯着亚森·罗宾，努力想认出他是谁。可是，他没有认出这就是被他称作波诺涅斯的人。

亚森·罗宾也一直盯着对方，心里却在想主意。他眼看就要成功了，所以不想轻易放手，放弃同这位女人，这个多布里克的死敌合作的机会。那女人一动不动地坐在包厢的角落里，注视着他们的行动。

罗宾说道：

"咱们出去谈，先生，到外面会更方便些。"

"就在这里谈吧，可爱的王子。"议员反驳道，"等下一场幕间休息时，就在这里谈，这样咱们谁都方便。"

"不过……"

"没有必要，先生，请你在这儿看戏吧。"

他一把抓住罗宾的衣领，看样子，在落幕之前，他是不打算把罗宾放开了。

他这一手有些失算了。罗宾如何能忍受这样的屈辱呢？尤其是当着一个女人的面，一个有可能同他联手的女人，而且还是一个（这是他刚刚想到的）非常漂亮的女人。她那端庄的美貌很让他喜欢。所以，他要显出男子汉的尊严。

然而，他并没有表示反抗，忍受着肩上的那只大手，而且还低着头，露出胆战心惊的样子。

"嘿！尊敬的先生！"议员嘲讽地说，"你的勇气都哪儿去了？"

舞台上，一群演员正在大声地说着台词。

多布里克放松了一些。亚森·罗宾认为时机来了。他挥手向多布里克的臂弯猛地砍去，就像一把斧子一样。多布里克痛得松了手。亚森·罗宾挣脱出来，向他扑过去，掐住他的喉咙。但是，多布里克立即后退一步，取了守势。于是，两人的四只手便抓在一起。

两人死命抓着，都把全身的力气倾注在手上。多布里克那双手又大又有力，亚森·罗宾的手被这铁钳夹住，觉得自己不是在跟一个人，而是跟一头可怕的野兽，跟一只巨大的猩猩搏斗。他们靠着门，弯着腰，就像两个摔跤的人试探着，想揪住对方一样。他们的骨节格格作响。谁稍一示弱，就会被对方抓住脖子，活活掐死。这场殊死搏斗是在突如其来的寂静中进行的，舞台上一个演员正在低声念白，其余人在听。

那个女人紧靠着隔板，惊恐地瞪大眼睛，一会儿看看罗宾，一会儿看看多布里克。

在两个反方向的力处于僵持的状态下，任何一点外力都会改变这种胶着状态，这是最简单的力学原理。然而，这个女人会帮助哪一个呢？

突然，她冲到包厢前面，打开屏风，探出身子，好像打了个手势，然后又转向门口。

罗宾用嘴指了一下横在他和多布里克之间的一把歪倒的椅子，对她说："搬掉它，你就能溜了。"女人弯腰抽出了椅子。

她的举动帮了罗宾大忙。罗宾用靴子照着多布里克的腿狠狠地踹了一脚。剧烈的疼痛使多布里克分散了注意力，罗宾立即把他的手压了下去，十指紧紧地掐住他的喉咙和颈窝。

多布里克不住扭动，试图摆脱钳住他喉咙的手掌。可是，他已经憋得喘不上气，并且越来越软弱无力了。

"哈，你这只老猩猩！"罗宾把他打倒，一边嘲笑，"喊救命吧，为什么不呢？是怕出丑吗？"

多布里克倒地的响声，招来隔壁包厢的敲墙声。

"别管它！"亚森·罗宾小声说，"演员在台上演戏，这里是我的戏。我要把这只大猩猩制服才罢手……"

没用多少时间，议员被掐得透不过气来了。亚森·罗宾又朝他颈部打了一拳，把他打晕了。剩下的事，就是在警报发出之前，带着那女人一起逃跑。可是，等他转过身来，发现那女人早已走了。

"时间不长，她跑不了多远的。"罗宾想着，跳出包厢，拔腿就追了出去，引得引座员和检票员在他身后大呼小叫。

在剧院底层的圆形大厅，透过玻璃门，罗宾看见那个女人正在穿过昂坦路的人行横道。眼看马上就要追上她了，突然一辆汽车驶来，车门开了，那女人跳上了车。

罗宾急忙抓住车门把手，使劲往外拉门。这时，车里一个人举起拳头，照着罗宾的脸打下来。

罗宾被打得头晕眼花，脑袋嗡嗡作响。但是，在朦胧中他还是认出了打他的人和那个开汽车的人。

他们是格罗内尔和勒巴鲁，即昂吉安行动的那个晚上给他看船的两个人。他们是吉尔贝和沃什勒的朋友，不用说，也是罗宾自己的两个同伙。

他回到夏多布里安大街的住所，擦去脸上的血迹，倒在椅子上，足足坐了一个多小时，仿佛受到了巨大的打击。这是他平生第一次尝到被人出卖的痛苦。他自己的同伴竟成了他的对手！

他想换换心情，便拿起傍晚送来的信和报纸。他打开一张报纸，在新闻栏中，看到了下面这段消息：

在昂吉安赌场多布里克议员别墅内，以杀害男仆雷奥纳尔的嫌疑被捕的两个青年，现在拘押在森特监狱里，其中一个叫作沃什勒的青年，经检察官的严密侦查，已经查明他过去的种种行为。

这青年生性凶暴，以前已犯过前科，经查明他曾两次化名，犯过杀人罪，并被判处无期徒刑，但几年前从监狱里逃脱。他坚称杀害雷奥纳尔的并不是他，而是他的同伴吉尔贝。

那个自称是吉尔贝的青年，似乎也是化名，他始终不肯吐露自己的真实姓名和籍贯、经历，他也坚称自己不是杀害雷奥纳尔的凶手。

不过，据侧面消息，吉尔贝已被检察官起诉，并请求处以死刑，似已成定局。

在别的报纸和广告单之间，夹着一封信。亚森·罗宾看到这封信，便跳了起来。信是写给德·博蒙·米歇尔先生的。

"啊!"他含糊不清地说，"是吉尔贝的信!"

信上只有这样几句话：老板，救我! 我怕……我怕……

对亚森·罗宾来说，这又是一个不眠之夜，一个充满噩梦之夜，许多可憎可怕的幻象又折磨了他一夜。

四、绝望的召唤

"可怜的吉尔贝！他一定受了不少苦！"罗宾边读信边想。

罗宾与吉尔贝萍水相逢，但他一下子就喜欢上了吉尔贝，喜欢他的英俊，喜欢他的活力，喜欢他的率真和孩子气的天真。吉尔贝呢，对罗宾无限忠诚，甚至不惜为他牺牲自己的性命。

罗宾出于对吉尔贝的喜爱，常劝他，放弃这种生活，做一个实实在在的正人君子。

吉尔贝总笑着回应说："你干吗不这样做？"

"你不愿意？"

"是的，我不愿意。做正人君子，要受苦，我真怕再过那种吃了上顿没下顿的穷日子啦！有人给了我深刻的启示。"

"那人是谁？"

吉尔贝不言语了。每当有人问起他的童年生活，他总是闭口不谈。罗宾只知道他从幼年起就开始流浪，四处游荡，今天叫这个名字，明天又换了另一个名字，尽干一些稀奇古怪的"职业"。他身上蕴含着一种神秘的东西，谁也闹不清楚，看来法院也破解不了这个谜。

但是，法院似乎不会因此而拖延判决。不管他叫吉尔贝还是另外的什么名字，他们都会很快把沃什勒及其同伙提交刑事法庭进行审判，并做出极为严厉的判决。

"可怜的小伙子！"亚森·罗宾自言自语，"人家这样追究他都是因为我。他们担心越狱，急于了结此案，先做出审判……然后处决……一个二十岁的孩子！况且，他并没有杀人，他并未参与谋杀……"

唉！亚森·罗宾知道这种事是无法证实的，所以他应当朝别处努力。可到底朝哪一点努力呢？应不应当放弃寻找水晶瓶塞呢？他一时打不定主意。他唯一采取的行动，就是到昂吉安去了一趟。格罗内尔和勒巴鲁住在那里。他得知他俩在玛丽·特莱斯别墅凶杀案之后就失踪了。除此之外，他心里考虑的，他愿意考虑的，是多布里克的事情。

他甚至不愿去思考加在他身上的那些谜，如格罗内尔和勒巴鲁为什么背叛自己，他们与那位灰发女人是什么关系，什么人在监视他。

"亚森·罗宾，千万沉住气！"他说，"头脑发热会出错。因此，少安毋躁。尤其是不要急于推断。在找到可靠的出发点之前，就急于依据一件事推断另一件事，那是再愚蠢不过了。这样做会使自己陷于困境而不能自拔。还是先听听自己的直觉怎么说吧。跟着直觉走。既然你没作推理，也没依靠任何逻辑，就相信这个案子是围绕那可恶的瓶塞发生的，那就大胆地走吧！认准多布里克和他的水晶瓶塞这个目标！"

罗宾并不打算等把这一切都想通后才采取相应的行动，他在做这些思考的同时，就在沃德维尔剧院事件发生后的第三天，就开始行动了。他把自己化装成一个退休老人，围着围巾，穿上旧大衣，坐在维克多·雨果大街边的一条长凳上，离拉马丁街心公园有一段距离。照他的吩咐，维克朵娃每天早晨都要在同一时间从这条长凳前经过。

"只要有了水晶瓶塞……一切都迎刃而解了……吉尔贝也就有救了……"罗宾不停地提醒自己。

维克朵娃挎着篮子走来。他立刻发现她很激动，面色苍白。

"发生了什么事？"罗宾贴近他的老乳母身边问道。

她走进一家顾客众多的大食品店，转身对他说："喏，这就是你要找的那个东西。"她的声音都变了样。她从篮子里拿出一件东西，递给他。亚森·罗宾大吃一惊：他拿着的正是水晶瓶塞！

"是真的吗？是真的吗？"他喃喃地说，问题如此轻易地得到解决，似乎使他难以置信。

可是，瓶塞就在这里，看得见，摸得着。从它的形状、大小以及那暗金色的棱面，他确确实实认出这就是他见到的水晶瓶塞。他记得清清楚楚，柄上有一道不为人注意的擦痕。再说，上次那个瓶塞的特征，这个瓶塞上都有，除此之外，它没有什么新的特别之处。这只是一只水晶瓶塞罢了。没有任何标记和特点，使它跟别的瓶塞有所区别，没有任何记号和数字。而且，这个瓶塞是用一整块水晶玻璃打制的，没有任何奇特之处。那么，这有什么用呢？

他把东西塞进口袋，自己还在劝诫着自己："千万别干蠢事，否则就追悔莫及了。"

收好瓶塞后，他便一直注视着维克朵娃，维克朵娃在柜台间走动了几个来回，便停在了收款台，最后走到了罗宾身边。

"我在让松中学后边等你。"罗宾小声叮嘱维克朵娃。

让松中学后面一条行人稀少的街道上，他们碰了头。

"你在哪儿找到它的？"

"在多布里克床头柜的抽屉里。"

"我们不是找过那儿吗？"

"是的，昨天早上我找的时候还没有，一定是夜里放进去的。"

"那他肯定还会到那儿去取它的。"

"很有可能。"

"他若找不到它会怎么办？"

"这……这……"维克朵娃忽然意识到事情的严重后果，她害怕得浑身发抖。

"他会怀疑是你偷的？"

"当然……"

"那么，你还是赶快把它放回去吧，马上！"

"噢，上帝！"她呻吟着，"但愿他还没有发觉。快把那个东西给我吧。"

"给你，在这里。"罗宾说。

他在大衣口袋里翻着。

"怎么了？"维克朵娃伸手问道。

过了好一会儿，罗宾才回答道："瓶塞没有了。"

"什么！你还有心思笑！在这种情况下……"

"你要我怎么办？你得承认这事实在奇怪。我们演的不再是惨剧了……而是童话剧，像《魔鬼的药丸》或《羊蹄》那样。我要有几星期空闲，一定把它写出来……就叫《神奇的瓶塞》，或者叫《可怜的亚森·罗宾屡遭不幸》。"

"到底……是谁扒走了？"

"你胡说什么？它是自己飞走的！在我的口袋里不翼而飞……一声'变'就没有了！"

他轻轻地推着老乳母，换了认真一点的语气说："回去吧，维克朵娃，别担心了。显然，刚才有人看见你把瓶塞交给我，趁着商店里拥挤，就把它从我衣袋里扒走了。这说明我们被别人监视，而且，比我想到的要严密。监视我们的人是第一流的高手。不过，我再说一遍，你放心，最终胜利的总是正派人。你还有什么话要对我说吗？"

"对了，有。多布里克先生昨晚出去时，有人来过。我注意到了那从花园的树梢间洒出的点点灯光。"

"那么守门的女人呢？"

"她还没有睡觉。"

"那么，这些是警察，他们仍在搜索。等一下，维克朵娃……我要回你那里去……"

"怎么！你要……"

"我不会发生什么危险的！多布里克怎么会对你那四楼的房间产生兴趣呢？"

"别的人呢？"

"别的人？假如他们想对我下手，早就下手了。他们并不为我这个小绊脚石而大费心思。好吧，维克朵娃，五点整见！"

那天又发生了一件出乎意料的事。晚上老乳母告诉他，出于好奇，她又打开床头柜的抽屉看了一眼，结果发现瓶塞又回到了抽屉里。

罗宾已不为这些奇闻所动。他只是说："这表明有人又把它送回去了。那位把瓶塞送回原处、并且用我们所不知道的方法出入公馆的人，可能也和我们的想法一样，认为不应把瓶塞拿走。可是多布里克呢，他明知有人在监视他的房间，却仍然把瓶塞放在抽屉里，好像完全不把它当回事，随他怎么想吧……"

罗宾虽然还不指望立即把事情弄个水落石出，但他无法不仔细琢磨事情的来龙去脉。最终他还是对这件事隐约理出一点头绪，仿佛一个人即将走到隧道尽头，看到了外面的亮光一样。

"看来，在这件事情上，同'那些人'的正面交锋是迟早的事。到那时，就该我来控制局面了。"

一连五天，亚森·罗宾没有发现一点蛛丝马迹。到了第六天，多布里克又在凌晨接待了一位来客，一位叫勒巴克的议员。他也和前几位同僚一样，绝望地匍匐在多布里克脚下，最后还是给了他两万法郎。

又过了两天。深夜两点左右，亚森·罗宾守在三楼的楼梯平台上，听到下面传来门响。他听出是前厅通往花园的那道门。在黑暗中，他看到，确切地说是察觉到有两个人上了楼梯，停在二楼多布里克的房门口。

他们在那里干什么？多布里克每晚都把房门闩紧，他们是进不去的。那么，他们到底希望干什么呢？

门框摩擦的低低的声音证明他们仍有所行动。接着，罗宾又捕捉到几句极轻的耳语："行吗？"

"行，很好，不过最好明晚再干，反正……"

在模糊的话语中，两人摸索着下了楼梯，轻轻地关上了门，过了一会儿把栅栏门也关上了。

"多么的不可思议，"罗宾想，"多布里克在这所房子里隐蔽自己的罪恶，小心翼翼地防止别人的监视，的确是很有道理的。不过，他却不能做到天衣无缝。事实上，每个人都能在此自由出入。就像维克朵娃能隐藏我和女看门人引进警察一样……不过这倒也罢了，但是又是谁在帮助刚才那两个人呢？他们如此大胆地贸然行动，而且他们对这里的一切多么熟悉啊！"

下午，罗宾在多布里克外出的时候检查了他房间的门。他发现门上的一块嵌板被巧妙地卸下来过，现在仅用几个几乎看不出的小钉勉强固定在那儿。这些手法无疑和自己在马蒂昂大街和夏多布里安大街的寓所中遇到的事是出自同一伙人之手。

他同时注意到，跟他住所的情况一样，这一行动是早已开始了的。事先将门上开洞备用，等待时机一到或有紧急情况，随时都可使用。

罗宾觉得这一天过得很快。他不久就要揭穿谜底了。他不仅将搞清他的对手怎样来使用这个表面上看起来无法使用的小洞口，因为从这个洞口伸进手也够不着门上方的门闩；他还将知道这些精明能干、自己又无法回避的对手究竟是些什么人。

晚上发生了一件意外的事，令他很是失望。多布里克吃晚饭时说他很累，不到十点钟他就回来了，而且一改往常的习惯，把前厅通往花园的门插上了。这样一来，那些人还能照预想来实现他们的目的吗？他们将如何进入多布里克的房间呢？

多布里克房间的灯光熄灭之后，罗宾又耐心地等了一个钟头。然后，为了防止意外，他又把那软梯系好，这才来到三楼楼梯口边的瞭望地点。

深夜一点多钟的时候，他们提前一个小时行动了。有人试图打开过厅的门，没有成功，然后出现了死一般的寂静，这寂静持续了好长一段时间。罗宾认为他们可能已经离开。突然，在这毛骨悚然的寂静中，他感觉到有人已破门而入，轻微颤动的楼梯扶手证明这人正在上楼，厚厚的地毯淹没了他的脚步声。

罗宾听不到任何声响，然而楼梯扶手的每一次颤动都在震撼着他的每一根神经，他全身都沉浸在这种高度紧张的感觉中。毫无疑问，这人还在向上走，罗宾甚至可以估计出他登上了几层台阶。但是，种种迹象又都在表明并没有人存在，他无法辨别那些看不清的行动，也听不到一点可供判断的声音。应该有一个影子在黑夜中移动，也应该有一点声音打破原来的寂静，然而却什么都没有。也许这仅仅是他的幻觉罢了。

即使理智竭力在证明的确有人存在，但罗宾还是相信没人，楼梯扶手也停止了振动。

寂静中又过了一段时间。他犹豫着不知如何是好，正准备思索下一步的计划，钟敲响了两点，这是多布里克房中的钟。然而奇怪的是，钟声好像没有受到门板的阻挡，罗宾马上警觉起来。

亚森·罗宾急忙下楼，走近那个房间的门。门关着，但门板左下方取下了一块板子，有一个洞。

他仔细倾听。多布里克这时在床上翻了个身，很快又恢复了他那粗重的呼吸。床前的屏风背后的椅子上，放着几件他脱下来的衣服，从这些衣服那边，传出了一阵窸窸窣窣的声音来。

因为屏风挡住了视线，罗宾看不见到底是什么人在那里翻多布里克的衣服及口袋。

多布里克翻了一个身，屏风后面的声音立刻就停止了。那家伙一定是一动也不动地屏住呼吸，站在那里。

"这一次，"罗宾想，"我一定要把事情弄个水落石出。不过，这个人是怎么通过这么小的洞口进房间的呢？他是否成功地拨开了门的门闩而又把门重新关上了呢？"

罗宾对这个即将揭开的谜底产生过多次怀疑，对于这个不可思议的事情，他百思不得其解，他向前蹲在楼梯脚下的一个台阶上。这便是房间里的人回到同伙那里的必经之路——从多布里克的房间到过厅门当中的通道。

罗宾焦躁地在黑暗中等候，这个既是多布里克的敌人，又是自己对手的人，马上就要露出真面目了！他将挫败这个人的计划！当多布里克还在睡梦中，当这个人的同伙们正躲在前厅门口或花园外盼着自己的战友凯旋时，罗宾将要把他从多布里克手里窃取的战利品攫为己有！

那人开始向楼下移动。这一次罗宾仍是凭着楼梯扶手的颤动才感觉到的。他每根神经都抽紧了，每个感官功能都调动起来了，竭力想辨认出这个向他走来的神秘人物。突然，罗宾看到了离自己只有几米远的人影——而罗宾在暗处，不会被对方发现——罗宾隐约感觉到那人在小心翼翼地一级一级地往下挪，手紧紧地抓住楼梯扶手。

"这神秘对手到底是一个什么样的人呢？"罗宾想道，心里怦怦直跳。

没想到事情竟如此迅速地收场了。罗宾不小心弄出了响声，那人似乎听到了，立刻停住了脚步。罗宾怕那人向后退或向前跑，便朝他扑过去。可令他惊奇的是，他竟扑了个空，没能抓住那个黑影，而是撞在楼梯扶手上。他立即向下冲去，越过前厅，在那黑影跑到花园门口时，追上并抓住了他。

那人发出一声惊恐的喊叫。与此同时，门外传来他同伙的回应声。

"嘿！见鬼了，这到底是怎么回事？"罗宾自言自语地说，他那双有力的大手抓住的原来是一个瑟瑟发抖、哀哀呻吟的小家伙！

亚森·罗宾恍然大悟，一时呆立不动，十分困惑，不知该怎样处置这个猎物。那几个同伙在门外焦急不安，叫喊着。他怕把多布里克吵醒，就把那个小东西塞在胸前，拿外衣罩住，又用手帕堵住嘴，急忙奔上四楼。

罗宾叫醒维克朵娃："我把那个可怕的对手给你带来了，他真是个了不起的勇士，你有糖果吗？拿一点给他吃。"

他把这个五六岁的小孩放在安乐椅上。小孩戴着一顶无沿的毛线圆帽，穿着一件毛衣，一双眼睛满是泪痕，惊恐不安地看着罗宾，吓得煞白的小脸倒也惹人怜爱。

"你是打哪儿捡来的？"维克朵娃惊讶地问。

"在多布里克房间旁的楼梯上。"罗宾回答着，边摸了摸孩子的毛衣，却没有发现原来指望的从多布里克房间里带回来的某种战利品。

维克朵娃怜悯地看着这个小孩。

"多可怜呀！我的小天使……瞧啊……他的小手冰冷，都不会说话了。别害怕，我们不会伤害你的……这位先生很和善的。"

"是呀，"罗宾搭腔，"我一点也不凶，不过另一位先生可就不好惹了，假如你还继续吵闹下去的话可就麻烦了。维克朵娃，你听见那些吵闹声了吗？"

"那是些什么人啊？"

"是这位小大力士的保镖，是这位不可战胜的首领的士兵。"

"那可怎么办呢？"维克朵娃嘀咕着。她已经吓得心里发毛。

"怎么办？我可不愿意被他们抓住，所以我该撤退了。愿意跟我走吗，大力士？"

他用毛毯把孩子裹起来，只露出一个头，把嘴也小心地堵上，接着，在维克朵娃帮助下，把孩子捆在自己背上。

"怎么样，大力士，咱们玩一个游戏吧。看见过有谁在清早三点钟玩飞檐走壁吗？好了，咱们要飞一回了。你会头晕吗？"

他跨过窗台，把脚蹬在绳梯上，不过一分钟，就下到花园里。他一直在倾听着，前厅外的敲门声更清楚了。这么大的喧闹声，多布里克竟然没被吵醒，真是奇怪。

"要不是我把事情安排好了，他们准会把一切搅乱。"他寻思。他在楼房角上停下来，身在暗处，别人看不见他。他估量着自己与栅栏门的距离。栅栏门开着。他的右边是前厅门前的台阶，好几个人在那里叫嚷。左边是门房。

女看门人走出了门房，站在台阶旁，求那些人别吵。

"你们别叫了！别叫了！他就要出来了！"

"哦！很好！"亚森·罗宾暗忖，"这女人也是他们一伙的。乖乖，身兼数职哩。"

亚森·罗宾冲过去，掐住她的脖子说："告诉他们，孩子在我手里……让他们到夏多布里安街我的住所去领。"

一辆出租汽车停在大街不太远的地方，罗宾揣测可能是那伙人事先叫来的。他便佯装是他们一伙的上了车，吩咐司机把车开往自己的寓所。

"小天使，累不累？要不要在先生的床上睡一小觉？"仆人阿西尔已经睡了，罗宾亲自安抚这个小家伙。

小孩那可怜的小脸都吓白了，表情痴呆，露出一副非常害怕又极力让自己不害怕、想叫喊又尽量使自己不喊叫出声的可怜相。

"哭吧，宝贝！"罗宾温柔地安慰他，"哭了会让你好受一些的。"

在这般温和善意的声音安抚下，孩子反而不哭了，平静了许多，小嘴不再哆嗦，眼神也不再惶恐不安。罗宾发现小孩的脸庞有些熟悉，仔细端详，发现眼前这张小脸与某人有不容置疑的相似之处。

这愈发证实了他对某些疑点看法的正确，从而使这些疑点在他的头脑中连接到一起。

事情的发展果然证明了他没有错，局面正在发生奇异的变化，他很快就可以驾驭一切了。到那时……

门铃突然响了一下，接着又响了两下。

罗宾对孩子说："宝贝，别乱动，肯定是你妈妈来了。"

说完，罗宾跑向门口，打开了门。

一个像疯子一样的女人冲了进来。

"我的儿子！"她尖叫着，"我的儿子在哪里？"

罗宾平静地回答："在我的房间里。"

她没有再问下去，便直奔罗宾的卧室。这说明她对这里并不陌生。

"果然如我所料，灰发女人，"亚森·罗宾心想，"是多布里克的朋友和敌人。"他走近窗口，撩起窗帘。对面人行道上有两个男人在踱步：是格罗内尔和勒巴鲁。

"他们甚至都不躲起来。"罗宾嘀咕着，"这是好征兆，他们以为应该服从老板了。下面就该处理美丽的灰发女人，这倒是挺麻烦。我们谈谈吧，你这个做妈妈的。"

而这时的母亲正神态不安，噙着眼泪拥抱着自己的儿子，安慰他："你还好吧？真的没什么不舒服吧？我可怜的小雅克一定是给吓坏了！"

"他是个小英雄。"罗宾说。

而母亲暗暗摸着孩子的毛衣，没有出声。然后轻声地询问着孩子，显然是想知道他们昨夜的计划是否成功。

"没有，妈妈……我向你保证。"孩子说。

母亲温柔地抱着并抚摸着孩子，孩子很快睡着了，他已经筋疲力尽了。而母亲也一副很疲惫的样子，久久地注视着自己的孩子，一动也不动。

亚森·罗宾没有打扰她的沉思。他不安地注视着她，那种关注她没有发觉。他发现她眼圈很大，皱纹很明显。不过他也发现她比自己原来认为的还要漂亮，是那种比常人更仁慈、感情更细腻的人饱经风霜所养成的感人的美。

她那悲伤的表情，使得罗宾不由得产生同情之心。他走到她面前说：

"我虽然不知道你将实施一个怎样的计划。但你总是需要帮助的，你一人是没办法成功的。"

"我不是一个人！"

"还有其他的人，我知道。但他们并不能帮助你什么。我恳求你，让我为你效劳吧。你不要犹豫了。在剧场包厢里的那夜，你不是已经准备说了吗？"

她转脸望着他，打量了一会儿，似乎还不能摆脱敌对的意愿，说："你到底知道些什么呢？我的事，你又知道什么呢？"

"我有很多事都不清楚，我不知道你的姓名。不过，我知道……"

她突然下了决心，要压住这个逼迫自己说话的人，就做了个手势，打断他的话。

"没用的，"她大声说，"不管怎样，你能够知道的都是些鸡毛蒜皮的小事，无关紧要，但是你到底打算干什么？你提出要帮助我……是为了什么？你不顾一切地插手到这件事情里来，我每一次行动都碰到你，这说明你想达到一个目的……到底是什么目的呢？"

"什么目的？我的天哪，我认为我的行为……"

她断然打断了罗宾："不，别说了。我们之间需要的是绝对坦诚，这样才能彼此信任。而我将用事实来证明这一点。多布里克有一个无价之宝，它的价值并不是它本身，而在于它代表的东西，那才具有这样的价值。你见过这东西，我曾两次从你那里取走。所以，我有理由认为你是为了自己的私利，想利用这东西的价值，才会去占有它。"

"这是什么意思？"

"是的，利用它来实现你的意图，牟取私利。这完全符合你的习惯……"

"和盗贼骗子的本性。"亚森·罗宾替她把话说完。她并没有表示异议。他努力从她那双眼睛里看出她的心思：她想要他做什么？她怕什么？既然她不信任他，那么他对这个两次把瓶塞从他手里拿走，还给多布里克的女人是否也应该加以提防呢？她虽然是多布里克的死敌，可她又在多大程度上屈服那个人的意志？自己同她合作，不就可能意味着投靠多布里克？可是，他从未见过这样认真的目光和真诚的面容。他不再犹豫，说道："我的目的很简单，把吉尔贝和沃什勒救出来。"

"什么？你说的是真的？"她突然叫了起来，并且用疑惑的目光探察着。

"你如果了解我，就……"

"我了解你……我早就知道你是谁……我已经调查你好几个月了。你一直蒙在鼓里……不过，由于某些原因，我还是不很相信你……"

他以更加坚定的语气说："其实你并不了解我。要不然就不会阻碍我这么久了，在我的两个同伴……或者就是吉尔贝，因为沃什勒是个恶棍……在吉尔贝逃脱那即将到来的可怕厄运之前。"

她冲过来惊恐地抓住罗宾双肩："你说什么？厄运？那么，你认为……你认为……"

"我的确认为，"罗宾说，同时感觉到这消息对她的震撼，"我的确认为，假如我不能及时完成计划，吉尔贝就完了。"

"闭嘴……"她尖叫着，并且用手去抓他，"闭嘴，我不允许你这样说……这都是毫无根据的……是你凭空编造的……"

"不仅是我这样认为，还有吉尔贝。"

"嗯？吉尔贝！你是怎么知道的？"

"他告诉我的。"

"他？"

"对。他。他只指望我了。他知道世界上只有我才能救他。几天前，他从牢里向我发出了绝望的呼救。这就是他的信。"

她贪婪地抓住信纸，结结巴巴地念道："老板，救我！我怕……我怕……"

信纸从她手里飘落，她神经质地向空中挥舞双手，直瞪瞪的大眼睛里焕发出恐怖的影子，那正是使亚森·罗宾多次感到恐惧的影子。突然，她发出一声可怕的尖叫后，昏倒在地。

五、二十七人名单

孩子在床上静静地睡着。母亲被亚森·罗宾抱起放在一张长椅上，一动不动地躺着，呼吸越来越均匀，脸上渐渐有了血色。这显示她即将苏醒。

他注意到她戴着一枚结婚戒指，胸前佩着一件嵌着相片的颈坠，便弯下身，把那东西翻过来，看见里面嵌着一张小相片。相片上是一个四十来岁的男人和一个孩子，确切地说是一个少年，穿着中学校服。他端详那张棕发衬托出的清秀的脸。

"果然是他！"他说道，"啊！可怜的女人！"

他双手握着的那只手慢慢有了热气。那双眼睛睁开一下又闭上。只听她轻轻说："雅克……"

"他很好……还睡着……不用担心……"

她已经完全苏醒过来，只是沉默着不说话。罗宾便很随便地询问了一些问题，想提起她交谈的兴趣。于是，他指着那条项链问她："这个少年是吉尔贝吧？"

"是的。"她回答。

"那么，你是吉尔贝的母亲？"

她打了一个寒战，然后低声说："是的，吉尔贝是我的儿子，我的大儿子。"

果然她是吉尔贝的母亲，那个关押在森特监狱、被指控犯了凶杀罪、正在受到法院严厉审讯的吉尔贝，正是她的儿子！

罗宾接着问："那个中年人又是谁呢？"

"我的丈夫。"

"你的丈夫？"

"是的，他在三年前就去世了。"

她激动地站起来。生活以及对生活中那些威胁着她的所有可怕事物的恐惧，都使她不寒而栗。

她坐起身，重新焕发出生命力；然而此时，对生活的恐惧，对威胁着她的所有那些事情的恐惧，都回到了她身上。

罗宾又问道："你丈夫叫什么名字?"

她迟疑了一下，回答道："梅尔吉。"

他叫道："是国会议员，维克多里安·梅尔吉?"

"不错。"

一阵长久的沉默。罗宾不会忘记梅尔吉议员的死，以及他的死在当时引起的轰动。三年前，国会议员梅尔吉在议会大厦的走廊里开枪自杀了。关于自杀的原因，他没有留下哪怕一个字。后来，人们也始终没有弄清他自杀的真正原因。

"他为什么自杀，"罗宾说出了憋在心中的话，"你不会不知道吧?"

"我当然知道。"

"吉尔贝知道吗?"

"他不知道。吉尔贝当时离家好几年了。他是被我丈夫骂走的。我丈夫十分懊悔。不过，他自杀还有另一个原因……"

"什么原因?"他问。

现在不需要他提问题了。梅尔吉夫人再也无法保持沉默。回忆往事又引起她的满腹悲伤，她慢慢地说道："二十五年前，我那时叫克拉瑞丝·达尔赛，我的父母还健在。我在尼斯的社交场上认识了三个青年。我只要说出他们的名字，你就会明白眼下这惨剧的来由了。他们是阿列克西·多布里克，维克多里安·梅尔吉和路易·帕斯维尔。他们三个早就相识，在大学里是同年级，在军队是一个团里的战友。当时，帕斯维尔爱上了尼斯歌剧院的一个女演员。另两个人，梅尔吉和多布里克都爱上了我。这些情况，尤其是后一件事，我就不多说了，事实说得够明白了。我对维克多里安·梅尔吉是一见钟情。我没有马上公开我的爱情，也许这是一个错误。然而，纯洁的爱情一开始总是让人感到很难为情，让人犹豫不决和惶恐不安。所以，我一直等到自己有了充分把握、不再有任何顾虑时，才公开宣布了我的爱情。可不幸的是，我们两个偷偷相爱的那段甜蜜的等待时间却使多布里克产生了幻想。所以，他后来爆发出极为可怕的愤怒。"

克拉瑞丝·梅尔吉停了几秒钟，又急迫地说下去："我永远记得……当时，我们三人都在客厅里。啊！我到现在还仿佛听见他那充满仇恨和威胁的话。维克多里安不知所措，因为他从来没有见过朋友是这副模样，那张脸是那样可憎，表情是那样凶狠，愚蠢……是的，像一只凶残的猛兽……他咬牙切齿，跺脚。他当时没戴眼镜，两只眼睛充满血丝，骨碌碌地转，不停地说：'我要出这口气……一定要出这口气……啊！你们不会知道我将做出什么样的事来。如果需要，我可以等十年，二十年……那一天会突然降临的……噢！你绝不会想象到的……我要报仇雪恨，以牙还牙……这才是最大的快乐！我生来就是会报复的，到那时候，你们俩就会跪下来求我，不错，跪下来求我！'恰好这时我父亲进来了。维克多里安·梅尔吉就在我父亲和一个仆人的帮助下，三人一道把这个可恶的家伙给撵出去了。六周之后，我就和维克多里安结了婚。"

"那多布里克呢？"亚森·罗宾打断她的话，"他没试图……"

"没有。路易·帕斯维尔不顾多布里克的阻拦，给我们当了证婚人。行完婚礼他回家以后，发现他爱的女人，那个歌剧演员……被人掐死了……"

"什么！"罗宾大吃一惊，"难道这是多布里克干的？"

"人们只知道多布里克同她纠缠了好几天，除此之外，便一无所知了。谁也无法证实帕斯维尔不在家时，有什么人去过他的家，也没有留下任何痕迹，什么都没留下。"

"可帕斯维尔就善罢甘休了？"

"帕斯维尔，还有我们，都很清楚这里面的缘故。多布里克想把这个女人诱骗走，他可能强迫她，动了武。当两个人互相搏斗时，他可能兽性大发，丧失了理智，掐住了她的脖子，把她给掐死了。可这一切并没有留下任何证据，因此，多布里克也就根本没遇到一点麻烦。"

"打那以后，他又做了些什么呢？"

"后来几年没有他的消息。我们只知道他输掉了自己所有的家产后，便到美洲去了。从那以后，我就沉湎于我的爱情和幸福之中，尽情享受自己的幸福生活，而无暇顾及多布里克的愤怒和威胁，我以为他已经离开这个世界了。我把更多的注意力转移到儿子昂图瓦纳的健康上。"

"昂图瓦纳？"

"是的，这是吉尔贝的真名，这个不幸的孩子至少成功地隐瞒了他的身世。"

罗宾问道："吉尔贝……在什么时候……开始学坏的？"

"我不能准确地告诉你。吉尔贝——我还是喜欢这样称呼他，而不叫他的真名字——儿时就像今天这样可爱、迷人、讨人喜欢。当然他也有些懒惰和不守纪律。我们在他十五岁时把他送到了巴黎郊外的一所中学，是为了使他离我们稍远一点。两年之后，学校又把他送回来了。"

"这是为什么呢？"

"他表现不好。学校发现他经常夜不归宿。有时，一连好几个星期，他都说是在我们身边，实际上他不知到哪儿去了。"

"他究竟干什么去了？"

"他到处闲逛，去赛马场，逛咖啡厅、公共舞场。"

"他有钱吗？"

"有。"

"谁给他的钱？"

"那个教唆他的人。那人要他瞒着父母离开学校、使他走上歧途，腐蚀他，把他从我们身边夺走，教他说谎、放荡和偷窃。"

"多布里克？"

"多布里克。"克拉瑞丝·梅尔吉用两手捂住涨红的脸，又用疲倦的声音说下去："多布里克来报仇了。就在我丈夫把那可怜的孩子赶出家门的第二天，多布里克给我们写了一封极无耻的信，说出了他怎样扮演可恶角色，使出种种阴谋诡计使我们的孩子堕落。他在信中写道：'他不久要进教养院……以后要上刑事法庭……再以后，等着吧，他会上断头台的。'"

亚森·罗宾惊叫道："怎么？眼下这件案子也是多布里克阴谋策划的？"

"那倒不是，这一次纯属偶然。他那卑鄙的预言不过是他的妄想而已。可这事却一直令我十分担忧。当时，我正在生病，我的小儿子雅克刚刚出生不久，可几乎每天都传来消息说吉尔贝又犯下了新的罪行：伪造签名、诈骗行窃……许许多多，以至于我们不得不向周围的人谎称他出国去了，然后又说他已经死了。那时候，我们的生活是十分不幸的，后来又发生那件夺去我丈夫性命的政治风波，往后的生活就变得更加悲惨了。"

"政治风波？"

"我一说你就会明白：我丈夫的名字被列在那二十七人的名单里。"

"原来是这样！"

罗宾眼前的迷雾突然消散了。在这突然一闪的亮光中，原本隐藏在黑暗的秘密显现。

克拉瑞丝·梅尔吉把声音略略提高了一些，接着说道："是的，他的名字是写在那上面。但这是一个错误，是令人难以相信的误会，他成了这个事件的牺牲品，维克多里安·梅尔吉确实是负责审查法国两海运河方案委员会的成员，也确实跟赞同那家公司方案的人一起投了票。甚至还拿了钱。是的，我要明确地说出这一点，并说出具体数额——他拿了一万五千法郎。不过，他是替别人拿的，替一个政界的朋友。他对那个人绝对信任，因而盲目地无意识地充当了他的工具。他以为是做了一件好事，其实是毁了自己。在那家公司总裁自杀、出纳失踪之后，运河事件及其种种营私舞弊行为被曝光了。直到这一天，我丈夫才知道他的好些同事都被收买了，才知道自己的名字也跟他们一样，跟其他众议员、团体领袖以及有影响的国会议员的名字一样，写在那张神秘的名单上。那张名单忽然被人提了出来。啊！那以后的日子真可怕！名单会不会被公布？他的名字会不会被别人说出来？这令人难忍的酷刑啊！你一定还记得当时议会惊慌、恐怖和人人自危的气氛。究竟是什么人掌握了那张名单？谁也不知道。人们只知道有这样一张名单，仅此而已。有两个人被这场风暴卷走了，可是大家始终不知道是谁揭发的，也不知道指控材料掌握在谁手里。"

"一定是在多布里克手里。"罗宾说。

"不，不是！"梅尔吉夫人提高了声音，"那时多布里克还未露面呢。不是他……你回忆一下……当时人们是突然从掌握那张名单的人那里了解到事实真相的，那就是原司法部长，运河公司经理的表兄弟热米诺。他当时身患严重的结核病，临死前，他给警察局局长写信，准备交出名单。信中表示，在他死后，人们可以从他房间里的一个保险箱中找到这张名单。于是，警察包围了他的住所。警察局局长亲自守候在病床前。可是，热米诺死后，人们打开保险箱寻找，发现那份名单已经不翼而飞了。"

"这次肯定是多布里克干的。"罗宾说。

"是，就是多布里克。"梅尔吉夫人越发激动地大声说，"阿列克西·多布里克经过六个月的伪装，当上了热米诺的秘书，他知道热米诺有这份宝贵的文件也就是必然的事了。他在热米诺死的前一夜撬开了保险箱。这一点已经被查证属实，而且多布里克的身份也被揭露了。"

"不过，为什么不逮捕他呢？"

"因为这已经于事无补。他早已藏好名单，逮捕他只会使事情重新翻腾起来，引起更大的风波。而这又是大家所不愿意看到的。"

"那怎么办？"

"有关人员同他进行了谈判。"

罗宾听到这儿忍不住放声大笑。

"滑稽，同多布里克谈判？"

"这是很滑稽。"梅尔吉夫人语气激烈地说，"而多布里克却在这时加强了活动，他行动快速明确，态度厚颜无耻。偷到那张名单后的第八天，他跑到众议院找我丈夫，蛮横地要我丈夫在二十四小时内交给他三万法郎，不然的话，他就要把丑闻声张出去，我丈夫马上就会名誉扫地。我丈夫十分了解这个人的本性，知道他心狠手辣，对自己一直怀着嫉恨心理，因此是绝不会让步的。我丈夫一下子失去了理智，自杀了。"

"太不理智了！"亚森·罗宾忍不住说，"多布里克拿的是二十七个人的名单。如果他要揭发其中一个人，并且希望人家相信他的指控，就必须公布那张名单，这就是说要交出那张名单，至少要公布那张名单的照片。这样做，确实可以引起轰动，但却使他失去了继续行动和讹诈的手段。"

"你的话既对，又不对。"她说。

"你为什么会知道？"

"从多布里克嘴里。多布里克这个恶棍来看我，并且厚颜无耻地向我叙述了他同我丈夫见面的情况和谈话的内容。他并不仅仅掌握那张名单，那张出纳记下拿钱人姓名和所拿数额以及公司总裁死前用血签了名的小纸头，还掌握了一些当事人不了解的、比较宽泛的证据。如公司总裁与出纳、总裁与法律顾问之间的来往信件等等。不过唯一要紧的，显然是那张写在小纸头上的名单。那是唯一不可否认的证据，若是抄写或翻拍都不能用作证据。这份名单的真实性据说曾受到最严格的审查。不过仅凭别的一些事情也能置人于死地。已有两名议员遭到致命打击。而且多布里克又擅长恐吓、逼人发狂的勾当。于是当被恐吓的人感到丑闻要被揭发时，除非像我丈夫一样自杀，否则就只能乖乖给他一笔钱。现在，你明白了吗？"

"我懂了。"罗宾说。

接着就是一段长时间的沉默。罗宾在脑海中回顾了多布里克的一生。他利用那份名单的力量，在黑暗中慢慢逼近，不仅从他们那里敲诈来大量的金钱，还利用这些钱大肆贿赂，获得了顾问、议员的头衔。在他的威胁和恐吓下，没人能与他抗争，就连政府都对他有所忌惮，不得不屈从他的意志。他的势力越来越强大，在政府中的地位也愈来愈高。而政府为了制约他的力量，任命多布里克的反对者帕斯维尔为巴黎警察局的秘书长。

"那后来你见过多布里克没有？"罗宾问道。

"见过，为了维护我丈夫的荣誉，免得别人知道事情的真相，我不得不开始和多布里克会面。"

"那么，这以后还有很多次吗？"

"后来还有很多次。"她声音急迫地说，"是的，很多次……在剧院……有几晚在昂吉安……或在巴黎，夜里……因为我觉得见到这个人是耻辱。而且我不愿让别人知道……可我又不得不去见他……有一个高于一切的任务在指挥我……为我丈夫复仇……是我不能推卸的责任。"

她冲着罗宾声音颤抖地说："是的，现在我的行动的唯一指导思想就是报仇，这是我的终生凤愿。我要为我的丈夫，为我那个被他毁掉的儿子报仇，为我自己报仇，为他使我遭受的苦难报仇。我的一生再也不会有其他奢望，其他目的。我唯一的愿望，就是亲眼看到他彻底灭亡，看到他遭报应，看到他痛哭流涕，看到他乞求饶命，看到他痛不欲生……"

"看到他死亡。"罗宾接过她的话,头脑中不由得映出在多布里克书房里她与多布里克的那场搏斗。

"不,我不要他死。我常常会有这个念头——甚至已经向他动手——可是,这又有什么用呢?他必定早已采取了预防措施。就说他死了,那张名单还继续存在。再说,杀了他并不等于报了仇……我的仇恨还更强烈……我要他身败名裂。要达到这个目的,只有一个办法,就是拔掉他的爪子。多布里克一旦失去了那份名单,就等于死了,就会立即破产,陷入没顶之灾,那光景多么凄惨啊!这就是我要达到的目的。"

"可是,多布里克不可能不明白你的意图啊?"

"当然不可能不明白。因此我向你保证,这就是我们的会面奇怪的原因。我时刻监视他,竭力从他的话中猜出他的秘密……而他则……则……"

亚森·罗宾把克拉瑞丝·梅尔吉的意思说了出来:"他则窥伺着他渴望到手的猎物……这个他始终爱慕的……现在还一直爱着的女人……他梦寐以求的女人……"

她垂下了头,声音很细小:"是这样。"

看来,事实就是两个彼此怀着深仇大恨的人之间的一场特殊的战斗。多布里克冒着生命危险而放纵自己狂热的情欲。也许,他认为与这可怜的女人建立起来的亲密私人关系是绝对安全的。

"那你有收获吗?"罗宾问道。

"好长一段时间,我的调查一无所获。"她说,"像你现在所使用的搜查手段,还有警察局的那帮人所用的一套办法,我早在几年前就使用过,可是毫无所获。就在我已经感到绝望的时候,有一天我到多布里克在昂吉安的别墅去,在他办公桌下字纸篓的废纸当中,发现了一封揉作一团的刚刚起了头的信。是他用蹩脚的英文写的:'请把这块水晶的内部挖空,不过,在制作时一定要好好设计,不要让人家看出来里面有一个空洞。'假如不是多布里克急匆匆地从花园中跑回来,神色紧张地在废纸篓中翻找的话。我也许不会重视那小纸条。当他怀疑地望着我说:'这里的……一封信……'我假装不明白他的话,他就没有再说下去。他的不安引起了我的注意。于是,我开始朝这个方向搜查。一个月之后,我在客厅壁炉的灰烬里,发现半张英文的发票。斯托布里奇城的玻璃商约翰·霍华德按照样品，为多布里克议员制作了一个水晶瓶。'水晶'一词引起了我的注意。我立即去了斯托布里奇城，买通了那家玻璃作坊的工头，得知那个水晶瓶塞完全符合订货单上的要求：里面是空的，外面看不出来。"

亚森·罗宾点着头说："这些情况无可置疑。不过，我觉得，即使在瓶塞的包金层下面……在那里面藏东西，也太狭小了。"

"是很狭小，但足够了。"她说。

"你怎么知道呢？"

"通过帕斯维尔。"

"你常见他？"

"是的，就是那时我与他见面的，而以前，我和我丈夫因为一些特殊的原因和他中断了一切关系。他是个野心勃勃、品德低下的人。毫无疑问他也在两海运河事件中拿到过钱，也扮演了一个不光彩的角色。不过这都没关系，最重要的是我需要帮手，因此也顾不上这些了。他当时刚被任命为警察局的秘书长，所以我不得不去找他。"

"他知道你儿子吉尔贝的情况吗？"

"不清楚。正是因为他所处的地位，我才十分小心，像对其他朋友一样，告诉他吉尔贝离家出走，后来死了。其他情况，就是我丈夫自杀的动机和我报仇的目标，都照实告诉了他。当我把自己在多布里克那里发现的线索告诉他时，他非常高兴。我看出他对多布里克的仇恨丝毫未减。我们谈了很久。从他那里，我得知那张名单是写在一张薄薄的棉纸上，如果把它卷成一个小球，的确可以放进一个非常狭小的地方。他也跟我一样，打消了犹豫不决的念头。既然我们都已经知道名单藏在什么地方，所以便约定各自采取行动，并暗中互相通气。我让他与拉马丁街心公园寓所那个女看门人克莱芒丝取得联系。那个女人对我忠心耿耿……"

"不过，她对帕斯维尔并不忠诚。"亚森·罗宾说，"我有证据，她出卖了他。"

"现在是可能的，但一开始不可能。在那段时间警察做了多次搜查。就是在那时期，就是十个月前，吉尔贝又出现在我的生活中。母亲对儿子的爱是不会中断的，再说，吉尔贝又是那么可爱！你了解他。当他抱住我的小雅克，他们兄弟俩失声痛哭时，我又怎能怪罪他呢？"

她双眼盯着地上，低声往下说："我不原谅他还好些！啊，如果那个时刻重来多好啊！我要是有勇气把他赶出去就好了！可怜的孩子，是我把他毁了啊！"

她若有所思地说下去："如果他真的像我认为的那样，终日只是吃喝玩乐，不务正业，那我还是会非常恨他的……可是，他虽面貌上变得让人难以相认，然而从另一方面，怎么说呢，他在精神方面却发生了很大的变化。是你的鼓励，令他重新振作起来。因此，虽然他的生活习性让我厌恶……可不管怎么说，他还是保持了某种美好的东西……表现出一种藏在内心深处的诚实……他性格豪爽，不知忧愁，终日……他同我谈起你时，总是充满了深深的敬重！"

她不敢在罗宾面前过分责备吉尔贝选择的生活方式，又不愿意赞扬它。因此她尽力寻觅合适的词语表达自己的意思，显得有些拘谨。

"后来呢？"亚森·罗宾问。

"后来，我见到他了。他偷偷来看我，或者我去找他。我们一起在野外散步。就这样，我慢慢地把我们的事说给他听。他非常气愤，决心为父亲报仇，把那个水晶瓶塞弄到手，也为他本人报仇。他第一个念头就是找你商量。这一点我可以保证，他从没有改变过主意。"

"那就应该……"罗宾说。

"是的，我很清楚……我当时也是这么打算的。然而可惜的是，我那可怜的吉尔贝，他性格太软弱，你知道，受了一个伙伴的影响。"

"是沃什勒，对吗？"

"对，是沃什勒。这个人心地阴暗，好嫉妒，又野心勃勃，他对我儿子影响很大。吉尔贝不该向他吐露真情并征求他的意见，事情就坏在这上面。沃什勒首先说服了他，后来又说服了我，他让我们相信这件事最好由我们自己来干。整个事件都由他进行筹划和领导，最后他亲自布置了对昂吉安的行动，但又让你指挥对玛丽·特莱斯别墅的盗窃行动。因为有仆人雷奥纳尔的严密监视，使得帕斯维尔和他的手下不敢贸然采取行动。我们真是愚蠢，要么应该让你置身事外，免得因误解而招来重大的麻烦；要么依靠你丰富的经验完善计划。然而，沃什勒控制了我们。事情开始时，我和多布里克在剧院里见面。午夜当我回到自己的住所时，才知道那件事情可怕的结果：雷奥纳尔被杀、我的儿子遭到逮捕。多布里克可怕的预言就要变成现实，我顿时觉得天塌地陷。因为我的过错，我的儿子要被推上法庭，要被判刑。我一个做母亲的把儿子推向了深渊，看着他痛苦而我却无能为力。"

克拉瑞丝激动得发抖，来回搓着双手。没有什么痛苦能和一个母亲为她儿子生命担忧的痛苦相比！

被深深感动的罗宾对她说："我们要救他，这是毫无疑问的。但我必须了解这件事的所有细节。所以，请你把情况说完……你那天夜里是怎样得知昂吉安的情况的呢？"

她克制住自己的情绪，脸因为焦虑而颤抖，回答道："是通过你的两个同伴知道的。确切地说是沃什勒的两个同伴。他们对他十分忠诚，是他挑选出来驾船的。"

"就是外面那两个，格罗内尔和勒巴鲁？"

"是的。你在湖上逃过警察分局长的追捕，上了岸，向汽车走去时，曾把情况简单地告诉了他们。他们急得发慌，立即跑到我家，把这个可怕的消息告诉我。吉尔贝被投入监狱！啊！多么可怕的夜晚啊！我怎么办？去找你吗？当然要去，要求你援助。可是，去哪里找你呢？直到这时，格罗内尔和勒巴鲁为形势所迫，才下决心告诉我他们的朋友沃什勒所扮演的角色，他的野心，他酝酿已久的图谋……"

"要摆脱我，对吗？"亚森·罗宾冷笑着问。

"是的。你十分信任吉尔贝。他监视吉尔贝，从而知道了你的几处住所。他打算过几天，等水晶瓶塞到手，掌握了那二十七人的名单，接收了多布里克至高无上的权力，他就要把你交给警察，但又不使你的团队受到损害。因为他打算把这个团体掌握在他的手中。"

"笨蛋！"罗宾嘟囔着，"这样的部下！"

他补充道："可是，那门上的镶板……"

"是他考虑到要同多布里克与你进行较量，出于谨慎而卸下来的。他在多布里克家也干了同样的事。他找到一个特别矮小的杂技演员，在他的指挥下，通过那些小洞巧妙地获得那些关于你的秘密和信件。这两个朋友向我泄露了真情。我顿时有了一个大胆的计划：利用我的小儿子雅克去救他的哥哥。他是那么瘦小，而且你知道，他又是那么聪明、勇敢。我们在半夜出发了。在格罗内尔和勒巴鲁的指引下，我在吉尔贝的私人住处找到了你在马蒂昂大街住所的钥匙。格罗内尔和勒巴鲁在去你住所的路上使我下了决心。使我只想到从你那儿拿到水晶瓶塞，而放弃了寻求你的帮助的想法。那瓶塞显然应该在你那里。我猜对了。然后，我的小雅克钻进你的房间没几分钟，就把瓶塞拿出来了。我们充满希望地离开了，自以为这下成了这个万能宝物的主人。有了它而又不让帕斯维尔知道，我就可以对多布里克随意支配，任意摆布，把他变成我的奴隶，让他按照我的意图为救出吉尔贝四处努力，或者让吉尔贝越狱，这样至少可以让法院暂时停止对他进行判决。这样一来，吉尔贝就有得救的希望了。"

"结果呢？"

克拉瑞丝突然站了起来，然后悲愤地对罗宾说："水晶瓶塞里什么东西都没有。你知道吗，没有名单，也没有藏东西的地方。昂吉安的行动一点没有起任何作用。杀死雷奥纳尔以及我的儿子被捕都是徒劳的。我的一切努力都付之东流了。"

"但为什么会这样呢？"

"为什么？因为你们从多布里克那里偷来的瓶塞，并不是按他的要求做的那个，而是给斯托布里奇城的玻璃商约翰·霍华德的样品。"

要不是顾及梅尔吉夫人万分伤心的样子，罗宾又忍不住要说几句俏皮话来嘲弄一下这般倒霉的运气。

他埋怨地说："我们真是太笨了！这样反倒引起多布里克的警惕。"

"幸好没有。"她说，"第二天我立即赶往昂吉安。对那场行动，当时，甚至现在，多布里克一直都认为是一次一般的盗窃，无非想偷他的古玩而已。由于你掺在其中，他得出了一个错误的结论。"

"可是那个瓶塞不见了……"

"首先那瓶塞对他来说并不头等重要，因为那只是个样品。"

"你怎么知道？"

"我去英国时了解到那个瓶塞颈部下端有一道划痕。"

"那么仆人为何总是把那个被盗的壁橱的钥匙带在身边？为何在巴黎多布里克家里的一个桌子抽屉里又出现了一个瓶塞？"

"很明显，多布里克很喜欢这个瓶塞，很珍惜它，正像人们珍惜一个有价值的物品模型似的。所以，我才会在他发现瓶塞之前，把它原封不动地放回了原处。也正因为如此，我才不惜代价让我的小雅克再次从你那里取回了瓶塞，并在女看门人的帮助下再次放回原来的地方。"

"那多布里克有没有产生疑心呢？"

"没有，他并未察觉我和帕斯维尔都知道名单的藏身之处。他只知道，人们都在寻找这份名单。"

罗宾一边在房间踱步，一边进行缜密的思考。最后，他停在克拉瑞丝·梅尔吉夫人的面前，问道："你是不是在昂吉安事件以后就再也没有什么收获了？"

"是的。"她答道，"我一直努力地行动着。我与两个同伴日复一日地进行着。然而，我们总缺少一个周密的计划，寻找所以毫无进展。"

"看来，除了把二十七人名单从多布里克的手中抢夺过来的方法外，再也没有其他的良策了。"罗宾说。

"是啊，可怎样取得呢？再说，你的活动妨碍着我。我们很快就认出新来的厨娘是你的老仆人维克朵娃，又从女看门人那里知道了维克朵娃给你提供了隐居所；我对你的计划很担心。"

"那么，是你写信让我退出这场斗争？"

"是我。"

"沃德维尔剧院打斗那晚，也是你要我不去剧院吗？"

"是的。女看门人发现维克朵娃偷听了多布里克和我的电话，而监视那房子的勒巴鲁又看见你出门了，我便认为你晚上会跟踪多布里克。"

"那么，有一天傍晚到我这里来的那个女工是谁？"

"也是我。当时我无计可施很想来找你帮助。"

"这么说，又是你拿走了吉尔贝给我的信？"

"是的，我在信封上认出了他的笔迹。"

"你的小雅克当时并没有跟着你。"

"不，他和勒巴鲁待在汽车里。然后，小雅克在我的帮助下登上大厅的窗户，然后就利用那些门镶板上的小洞进了你的房间。"

"那信上都说了些什么呢？"

"遗憾的是，吉尔贝在信里指责你为了自己的利益而抛弃了他，而除了这些责备的话，其他也没有什么。看过信后，我便因此不再信任你而悄悄地离开了。"

罗宾无奈地耸耸肩，叹道："这么一来，我们浪费了多少宝贵的时间！咱们没有及早取得谅解，简直是在捉迷藏！真是命该如此啊……还彼此设下可笑的圈套，时间就这么一天天过去了……很多宝贵的时机也无影无踪地溜掉了。"

"看你，看你，"她浑身颤抖地说，"你自己是不是也在为前景而担忧！"

"不，我并不担忧。"罗宾大声说道，"我觉得，假如我们早些合作，事情可能会有很大的进展，我们也可以少犯很多错误，少干很多蠢事！我是在想，你昨晚去多布里克房间搜他的衣服，结果也照样一无所获；而咱们之间的明争暗斗，闹得寓所里天翻地覆，惊动了多布里克，他今后必定会更加警惕了。"

克拉瑞丝·梅尔吉摇头说："不会的，不会的，我认为不会这样。昨夜的吵闹声不会把多布里克惊醒。因为我们把行动推迟一天，就是为了让女看门人把高效麻醉药放在他的酒里。"

停了一会儿，她继续说道："而且，他的戒备心理，你是知道的。他在生活中无时无刻不是处于高度戒备状态，几乎无机可乘……况且，那全部王牌都在他手中。"

罗宾忍不住靠近她，问道："那你准备怎么办呢？你的意思是我们毫无希望了吗？难道就没有办法了吗？"

"有，"她低声说道，"唯一的办法……"

她的脸色异常苍白，激动得浑身颤抖，把脸重新埋在双手之中。

他相信已经明白了她恐惧的原因，并被她的痛苦所打动，便向她倾过身说道："求你坦率地回答我。这是因为吉尔贝，对吗？虽然司法当局并未弄清吉尔贝的来历，迄今为止还不知道沃什勒的同伙的真实姓名，但至少有一个人知道，对吗？多布里克知道吉尔贝就是你的儿子昂图瓦纳，对吗？"

"是的，是的……"

"他答应救吉尔贝，是吗？他答应给他自由，让他越狱，或者别的什么……一天夜里，你想刺杀他的那天，他在书房里跟你谈的就是这件事，对吗？"

"对，对……是这件事。"

"他只有一个条件，对吗？一个可恶的条件，只有他这个混蛋才想得出来的条件？我猜对了，是吧？"

克拉瑞丝没有回答，她似乎被一场旷日持久的斗争搞得筋疲力尽了。在这场斗争中，敌人每天都在向她逼近，而她根本不可能与他抗衡。

克拉瑞丝·梅尔吉仿佛是一个早已被征服的受战胜者任意支配的捕获物。她为了解救自己的儿子，不顾一切，甚至不惜屈从于仇人多布里克的意志，做他的情妇和驯服的奴隶。而多布里克却是谋害了她的丈夫，又把她的儿子引入歧途的卑鄙下流之徒。罗宾对这个人的憎恨和厌恶是不言而喻的。

罗宾满怀怜悯之情地坐在梅尔吉夫人的身边，轻轻地、极尽温柔地抬起她的头，望着她的眼睛说道："听我说，我会不惜一切代价救你的儿子，我向你发誓……我向你发誓……我绝不让你的儿子去死，你听见了……只要我活着，我绝不让任何坏人再伤害你的儿子。"

"是的，我相信……相信你的话。"

"请相信……这是一个战无不胜的人讲的话。我会成功的。只是，我要求你答应我一件事，不许反悔。"

"什么事？"

"再也不见多布里克了。"

"我向你发誓！"

"你心里也绝不能有丝毫同他妥协的想法……甚至也绝不能再同他谈判……彻底抛弃妥协的念头。"

"我向你发誓！"

她脸上完全流露出放心和信任的表情。在她注视的眼神中，罗宾感受到一种能够帮助她而带来的幸福。他希望自己的帮助使这个女人脱离苦海得到幸福，至少也应平静下来修复心灵的创伤，彻底忘记过去。

"看着吧！"他站起来用愉快的声音道："一切都会好起来的。两三个月的时间就足够了……当然，前提是你不再干扰我的行动。所以，我看你还是先去静养一段时间吧！"

"为什么？"

"是的，你得在一段时间里销声匿迹，到乡下去住一阵。再说，你难道不应当可怜可怜小雅克吗？再这样搞下去。你会搞乱他的神经的……说实话，他也该休息了……你说对不对，我们的大力士？"

第二天，受了那么多打击、再不休息就要病倒的克拉瑞丝·梅尔吉带着儿子到一位女友家寄住。女友家在圣·日耳曼森林边上。克拉瑞丝身体十分虚弱，头脑里充满了可怕的幻觉，每一次激动，都会使她神经混乱。在乡下这段日子里，她几乎都不能想，甚至不能看报纸。

罗宾也改变了自己的策略。他开始研究绑架和监禁议员多布里克的办法，而监视多布里克行踪的任务则由格罗内尔和勒巴鲁负责。罗宾已经决定在事情成功的前提下，饶恕他们的过错。

近几天的报纸，已经在纷纷报道亚森·罗宾的两个同伙均被指控犯了谋杀罪，即将出庭受审。这天下午四点钟左右，夏多布里安街罗宾的寓所突然响起了铃声，是电话铃声。

罗宾拿起话筒："我是米歇尔，你是哪位？"

电话那边传来一个女人的声音。她急匆匆地说："快，快来我这里，梅尔吉夫人服毒了。"

罗宾顾不得再问，马上冲出房子，驾车来到了圣·日耳曼森林。

房门口等候的正是克拉瑞丝的女友。

"死了？"他问道。

"没有，幸亏药量不大，医生说她不会有生命危险。"

"那么，什么原因使她自杀呢？"

"小雅克失踪了！"

"是被绑架了吗？"

"是的，他正在森林入口处玩耍。有人看见来了一辆汽车……在两个妇人下车后，就听见了雅克的尖叫声。克拉瑞丝听见后，想呼喊求救，却无力地倒下了，她呻吟着说：这个人……是他……接着，她的神态就有些失常。突然，她仰头把一个瓶子里的东西喝了进去。"

"接着呢？"

"接着，我和我丈夫把她抬回了房间，她显得非常难受。"

"你怎么知道我的地址和姓名呢？"

"医生诊治时，她告诉我的。于是我就给你打电话。"

"这事没有别人知道吧?"

"没有。我知道克拉瑞丝有很多烦恼事,她更愿意保持沉默。"

"我可以看看她吗?"

"她正在睡觉。再说,医生嘱咐不能让她激动。"

"医生怎么说?"

"他怕她发烧,神经受刺激过度冲动,那样她就有可能再次服毒。而第二次服毒……"

"怎样才能避免呢?"

"一个星期内让她绝对安静。可这是做不到的,因为她的小雅克……"

罗宾打断她的话,说:"你是说只要能找到她的儿子……"

"这是显然的,只要找到她的儿子,她就会恢复的。"

"你肯定?你能肯定吗?果真是这样,对吗?就这样,等梅尔吉夫人醒来后,你就告诉她我留下了话:今晚午夜之前,我一定把她的儿子找回来。今晚午夜之前。我说话一定算数。"

说完,他立刻走出来,上了汽车,对司机喊道:"巴黎,拉马丁街心公园,多布里克议员家。"

六、死　　刑

亚森·罗宾的汽车不仅是间办公室，备有书籍、笔墨纸张，还是一间地道的演员化妆室，里面有一个盛满各种化妆品的小匣子，一个装着各种衣服的箱子，和一个装满零碎的箱子，里面有雨伞、手杖、围巾、夹鼻眼镜等等。总之，应有尽有，他可以在行车途中从头到脚改变模样。

这天晚上六点多钟，在多布里克议员家的栅栏门前按铃的，是一个身体稍胖、身着黑礼服，头戴高礼帽、留着颊髯、鼻子上架副眼镜的先生。

女看门人把他领到台阶上。维克朵娃听到铃声出来了。他问她："多布里克先生能否立即接见维尔纳医生？"

"多布里克先生在卧房里。不过，这个时候……"

"请你转交我的名片。"

他写了几个字在名片的空白地方："以梅尔吉夫人的名义"，然后，坚持说："我相信他肯定会接见我的。"

"但是……"维克朵娃还是有些不情愿。

"喂，你这个老婆子不要再推三阻四、自作主张啦！"

她被惊呆了，然后嘀咕着："怎么是你！"

"不是我，是路易十四。"他把她推到前厅一个角落，说："听着，等会儿我跟他在一起时，你赶快回房间去，收拾好行李，离开这里。"

"什么？"

"按我说的去做。我的汽车在大街上，走过去一点就能找着。去吧，去通报我的姓名。我在书房等着。"

"可是这里太黑了。"

"把灯打开好了。"

她开了灯，把亚森·罗宾一个人留在那里。

"就在这屋里，"亚森·罗宾坐下来，心想，"那水晶瓶塞就放在这屋里。除非多布里克一直随身带着……不，不会的。他有安全可靠的藏东西的地方，会用的。而且这个地方一定非常保险，因为没有一个人发现……迄今为止。"

他仔细打量房间的每一件器物，又想起多布里克写给帕斯维尔的那封信："就在你伸手可及的地方，好朋友……你的手甚至已经碰到它了……再往前那么一点点，就到你的手里了……"

自从发生那件事以后，多布里克的房间似乎一点都没有改变模样，桌子上依然摆放着原来的物品：书刊、账簿、墨水、放邮票的小盒子、烟丝、烟斗等被很多手反复翻动过的东西。

"嘿！这个家伙！"罗宾心里想道，"既狠毒又狡猾，真是个难对付的家伙……"

尽管罗宾对自己此行的目的和如何进行都心中有数，但是再次跟这位对手打交道，他还是没有把握。多布里克在较量中可能会占上风，并把他们之间的话题扭转到与罗宾所设想的完全相反的方向。罗宾不禁为此感到恼火。

听到来人的走路声，他立刻坐直了身子。

多布里克进来了。

他没说话，只向罗宾打了个手势，请他重新坐下，自己也在桌前坐下来，看着名片，问道："维尔纳医生吗？"

"是的，议员先生，圣·日耳曼的维尔纳医生。"

"我知道，你是代表梅尔吉夫人来的……她大概是你的病人吧？"

"只是我的临时病人。我是刚才被叫去急诊才认识她的。"

"她病了吗？"

"梅尔吉夫人服毒了。"

多布里克掩饰不住自己的不安，显得十分震惊，又问道："啊，你说什么？她服毒了？有没有生命危险呢？"

"她没有死。药量不够。应该没有什么意外，现在梅尔吉夫人应该没什么事啦。"

多布里克一动不动地面对着罗宾沉默了半天。

"他是闭目养神，还是在偷偷窥视着我呢？"罗宾揣测着。

多布里克戴着一副眼镜和一副夹鼻墨镜，看不到他的眼睛。亚森·罗宾觉得很不自在。梅尔吉夫人跟他说过，这是两只充满血丝的病眼。看不到对方脸上的表情，又怎能猜出他的心思？这简直像是在跟拿着隐形武器的人搏杀。

过了一会儿，多布里克又说："梅尔吉夫人得救了……打发你来找我……我还不明白……我跟这位夫人不太熟。"

"关键时刻到了，"亚森·罗宾心想，"来吧！"

于是，他用胆小怕事的人那种局促不安的老实口气说："上帝啊！议员先生，医生的职责有时十分复杂……很难解释清楚……你从我来这里执行使命也许就会看出这点……简单地说，事情是这样的……我给梅尔吉夫人治疗时，她又一次企图服毒……是的，那瓶药水不巧就在她手边。我把瓶子从她手里抢了过来。我们进行了一场争夺。她在发烧说胡话时，断断续续地告诉我：'是他……是他……是多布里克……议员……让他把儿子还给我……你去告诉他……不然我就去死……是的，马上死……今夜就死。我想死！'议员先生，情况就是这样……我认为应该告诉你。这位夫人处在这种状态，肯定会……当然，我并不明白她那些话的确切意思……我也没问任何人……我是自愿到你这里来的……"

多布里克思考良久，说："一句话，医生，你到我这里来，是问我知不知道那孩子的下落……我猜这孩子失踪了，对吗？"

"是的。"

"如果你知道他的下落，你会把他送回他母亲那里？"

"当然。"

罗宾心里默默想道："可能他会相信这个故事，如果用夫人的死亡来威胁他会见效吗？这是行不大通的……但是，从多布里克的神情来看他可能有些动摇了。"

"请允许我打个电话，"多布里克边说边向桌子的电话走去。"这个电话对我来说非常重要……"

"请便，议员先生。"

"喂……接线员，请接82219。"

他又把电话号码重复了一遍，然后静静地等着。

罗宾笑了笑，说道："你是打给警察局吗？要给秘书长先生打电话？"

"确实是，医生……你知道？"

"是的，我是法医，有时要打电话……"

亚森·罗宾心里却在寻思："他要搞什么鬼名堂？秘书长是帕斯维尔呀……找他干什么呢？"

多布里克把听筒放到耳朵上，说道："是82219吗？我要找秘书长帕斯维尔先生……不在吗？不会的，不会的，他这时候总在办公室的……告诉他我是多布里克……议员多布里克……有要紧的事。"

"我在这里也许碍事？"亚森·罗宾问。

"不碍事，不碍事，医生，"多布里克肯定地说，"……再说，我要打的电话跟你的来访也不是没有关系……"

他没把话说完，便对着话筒说："喂！帕斯维尔先生吗？啊，是你呀，我的老朋友帕斯维尔。喂，怎么，你好像有点尴尬……对，是真的，我们好久没见面了……不过心里还是念着的……而且，我还经常受到你和你那些大侦探的照顾……不是吗？喂！什么？你很忙？啊！请原谅，再说我也忙。那好吧，我就直说了……我想帮你一点小忙……请耐心一点，畜生……不，你不会为此后悔的……事关你的荣誉……喂，你在听我说话吗？是这样：你带上五六个人……最好带保安局的人，你会在值班室找到人的……然后，跳上汽车，用最快的速度开到我这里……我要送给你一个难得的猎物，老朋友……一个高贵的老爷，拿破仑本人……一句话，亚森·罗宾。"

罗宾猛然跳了起来。他常常是料事如神的，而此刻却大感意外。然而，一种强烈的诙谐和自嘲感，使他不禁大笑着高声叫道："好！漂亮！干得漂亮！"

多布里克向他欠了欠身，表示谢意，说道："请稍耐心点……我还有话呢！"

然后，他又继续说下去："喂……我说帕斯维尔先生……什么？老朋友，这绝不是恶作剧……你会在我书房里，在我对面发现亚森·罗宾……他也跟你们那些人一样，老是缠着我不放……哦！对我来说嘛，这样的人多来一个少来一个本来无所谓，可是这一个未免太不识相了。因此，我就想起了咱们之间的友情。你来把这个包袱给我卸掉吧……只需五六个警察，再加上在我门口盯梢的那两位就足够了。哦，还有你来了以后，顺便到四楼把我的那个女厨子也一道带走……她就是那个维克朵娃……知道吗？亚森·罗宾的老乳母……另外，还有一个情报……我没准爱上你了。你派一个班的人到夏多布里安街，就在巴尔扎克街拐角上……亚森·罗宾就住在那里，化名米歇尔·博蒙……明白了吗，老朋友？现在，行动吧！干吧……"

多布里克转过脸来时，亚森·罗宾站在那里，紧握拳头。听到多布里克讲出维克朵娃和夏多布里安街的住所时，他的钦佩消失了。他觉得自己受了侮辱，不想再把小镇医生的角色演下去。他只有一个念头：必须压住满腔怒火，不然，他会像一头公牛冲向障碍那样扑向多布里克。

多布里克嘴里哼哼一声，这似乎是一种笑。他把双手插进衣袋，身子摇摇晃晃地走过来，一边说道："你看如何？一切都清楚了吧？再没有什么疑问了吧？一切都很清楚，一句话，就是罗宾在向多布里克挑战。这样大家都可以少费唇舌：法医维尔纳先生本来要用两小时才能绕完他的舌头，而这会儿呢，亚森·罗宾先生只需在半个小时之内把他的意图讲清楚……不然的话，他就要乖乖地跟警察走了，还得把他的同伙一道连累进去……好妙啊，我真是一箭双雕！给你三十分钟，别想多一分。从现在起三十分钟之内，你必须从这里滚蛋，就像一只兔子那样飞快地逃跑。哈哈太妙了！哦，我亲爱的波诺涅斯，今天撞上我多布里克算是冤家路窄。上次藏在窗帘后面的可怜人儿就是你吧，波诺涅斯？"

多布里克的讥讽犹如鞭子一样抽在罗宾身上，罗宾真想冲上去掐住他的脖子，但这太愚蠢了。罗宾知道自己不能以谩骂和愤怒对付这个正洋洋得意的多布里克，现在最关键的就是用冷静来应付眼前的窘境。

　　"让你如此狼狈不堪，我非常不安，罗宾先生。"多布里克接着说道，"你必须理智些。你不得不承认我比你更杰出，不要以为我戴着双层眼镜就是瞎子。当然！我并没有马上猜出在波诺涅斯面具后面的就是你。不过，这件事还是使我烦恼。我明白在警察和梅尔吉夫人之间还有个第三者，试图钻进来……慢慢地，我从女看门人的言语之中、从女厨子来来去去以及从可靠来源了解到的她的情况，开始明白。而那天夜里则使我恍然大悟。尽管我睡着了，还是听到了喧闹声。这就使我回顾了整个事件。我跟着梅尔吉夫人，先到夏多布里安街，又到圣·日耳曼……然后……然后，什么！我把所有事实联系了起来……昂吉安失窃，吉尔贝被捕……悲伤的母亲与盗贼头目不可避免的结盟……老乳母被安置在我这里当厨娘，从我的门窗进进出出的人……我心里有数了。亚森·罗宾在花盆周围嗅来嗅去，要打主意了。'二十七人名单'的香味在吸引他。我只需等他来访就行了。他果然来了。你好，亚森·罗宾大师。"

　　多布里克停了一下。他得意扬扬地说了这一大通，俨然一副有权让最不买账的家伙也对他肃然起敬的模样。亚森·罗宾还是不说话。多布里克掏出表，看了看，说：

　　"嘿，怎么样！只剩下二十二分钟了！时间可不多了！你要再这样沉默下去，咱们就该结束谈话了。"

　　"这于我来说还是挺有价值的。你毕竟是我所遇到的最好对手。但很不幸，可怜的年轻人，你遇见了我这个对手！喝杯水冷静一下，如何？"

　　罗宾仍是一如既往的冷静和沉默。他绝对的自制力和他行动的明确性都表现在他的动作上。罗宾静静地离开多布里克，向桌子走去，抓起电话："接线员，请接56534。"

　　"喂！我要夏多布里安街……你是阿西尔吗？对，是我，老板……听我说……阿西尔……你必须赶快离开……喂……对，赶快离开……警察过几分钟就要到了。不过，不要害怕……来得及，只是要按我的话做。箱子准备好了吧……非常好。箱子里有一格是空的，就像我平日里嘱咐你的那样。很好。你马上到我的房间去，在壁炉正中有一块雕有小玫瑰花的大理石条板，用左手按在花上，右手抵住壁炉上部打开。在里面有一个抽屉，抽屉里有两个盒子。对，一个盒子装有我们全部的文件，而另一个是钞票和首饰。你把两个小盒子装进箱子里的空格里。然后你带着箱子快速地去维克多·雨果大街和蒙泰斯庞大街的十字路口，那儿有一辆汽车，维克朵娃也在。还有我的衣服以及小摆设都不要了，马上离开。我会很快与你们会合的。"

罗宾放下电话后一把抓住了多布里克的手臂，把他塞到旁边的椅子里，然后说道："现在，你我好好谈谈吧。"

"哈！哈！咱们现在要'你我'相称了？"议员嘲笑地说。

"对，我同意这样做。"罗宾说。

他的手一直没有松开多布里克。对方有点担心，想挣脱他的手。罗宾说："怕什么，我并不想和你动武，那样对谁都没有好处。用家伙吗？那能解决问题吗？用不着。只要动嘴就行了。但是咱们别离题太远。我知道我该说些什么，我会很认真的，你也要同样认真，这样才能解决我们的问题。孩子在哪儿？"

"就在我这儿。"

"把他交出来。"

"我不会交的。"

"梅尔吉夫人会自杀的。"

"不会的。"

"我说她会的。"

"我说不会。"

"可她已经自杀过一次了。"

"正因为如此，她才不会再次自杀。"

"那么，你要怎么办呢？"

"不怎么办。"亚森·罗宾停了一会儿，说："果然如我所料。我到这里来时，就估计到你不会上维尔纳医生的当。因此，我必须用别的办法。"

"亚森·罗宾的办法。"

"正是。我决定露出真面目。不过，你先认出来了。佩服。但是，这并不会让我改变计划。"

"说说你的打算。"

罗宾从一个小本子里抽出一张纸，把它摊平，递给多布里克，说道："这是一份物品的清单，上面的物品都已经编了号。那些财物就是我们在昂吉安湖边——你的玛丽·特莱斯别墅中所拿走的。一共有一百一十三个号码。打上红十字的六十八件已经卖掉，还有四十五件是属于我的，这些剩下的是最好的精品。现在，我把它们全还给你作为交换孩子的代价。"

多布里克大觉意外，不由得一愣。

"嗬！嗬！"他说，"你坚决要找回孩子！"

"非常坚决，"亚森·罗宾说，"因为我认为，长时间找不回儿子，梅尔吉夫人就会寻短见。"

"你很担心，好色的唐璜先生？"

"什么？"亚森·罗宾猛地站到他面前，再问一句："什么？你这是什么意思？"

"没什么……没什么……一个念头……克拉瑞丝·梅尔吉还年轻，漂亮……"

"你这只肮脏的猪。"罗宾抑制住声音骂道，"你以为谁都和你一样卑鄙没人性吗？你肯定在想是什么龌龊的想法让罗宾心甘情愿这样做？你永远不可能知道的。回答我，对我的提议是否接受？"

多布里克毫不在意罗宾对他的蔑视。问道："这么说，你是认真的？"

"当然。只要你在今晚九点把孩子带上，我就会告诉你那四十五件财物的收藏地点。"

绑架小雅克只不过是他对梅尔吉夫人的一个警告，因为她的敌对活动让他恼火。但梅尔吉夫人的自杀行为使他觉得自己的想法错了。所以在这种情况下，答应罗宾的条件又何乐而不为呢？他马上就答应了罗宾的建议。

"我同意。"他说。

"这是仓库地址：奈伊，夏尔·拉斐特街九十五号。你只要按铃就可以了。"

"如果我让帕斯维尔秘书长替我去呢?"

"我当然不会反对,"亚森·罗宾答道。"我看到他来,有足够的时间逃走,并且也来得及在你的托座、挂钟和哥特圣母像的麦秸和干草上放上一把火。"

"那你的仓库也烧了……"

"这倒无所谓。警察早在监视它了。反正我得放弃它。"

"我怎么知道这并非一个圈套呢?"

"你可以先取货,再还孩子。我信任你。"

"你可想得真周全,你肯定会得到孩子的,那漂亮的克拉瑞丝也不用去死啦,并且我们各取所需,非常之好。"多布里克说道, "现在,如果我还要给你说点什么的话,那就是赶快逃命去吧,一定要快。"

"还没完事儿。"

"什么?"

"我是说,还没完事儿。"

"你疯了吗?帕斯维尔已经在路上了。"

"他会等着的,因为我还有话呢。"

"怎么,你还有什么把戏?克拉瑞丝将得到她的儿子,你还不满意吗?"

"不。"

"为什么?"

"还有另一个儿子。"

"吉尔贝?"

"对。"

"怎么样?"

"我要你去救吉尔贝!"

"你说什么?我去救吉尔贝?"

"这你可以办到,你只需出面斡旋一下……"

在此之前,多布里克一直很平静,但听到这些却不由得肝火上升。他用拳头砸着桌子叫道:

"不！这绝不可能！你休想指望我……哦，绝不可能！这简直是天大的笑话！"

他激动地在房间里走来走去，步子匆匆，身子跟着摇摇摆摆。就像一头野兽，一头蠢笨的狗熊。

他面部抽搐，声音嘶哑着吼道："除非她来这里哀求我，让我赦免她的儿子。而不是像上次那样企图来谋杀我！她要像个乞丐一样驯服、顺从，来这里求我，否则我要让她看到吉尔贝走上断头台，被处决。我用了二十多年才等到这一时刻，我是不可能放弃的。我要品尝这彻底报复的快乐时，你却要我毫无报酬地去救吉尔贝，这是把我当傻子，可我不傻，所以，绝对不行。"

说完后，多布里克极其残忍地笑了起来，他的样子让人害怕。他似乎看见了他的猎物即可唾手而得。而罗宾却想起了克拉瑞丝，那被软弱和无奈征服的样子，是那样可怜和无助。

罗宾压住怒火，说道："听我讲完。"

罗宾看到多布里克已经没有耐心听他讲了，就用多布里克曾在剧院包厢里领教过的那种强悍的力量抓住他的双肩，把他按住，说道："最后一句。"

"你白费口舌。"议员抱怨道。

"最后一句。你听着，多布里克！忘掉梅尔吉夫人，放弃你的爱情和情欲驱使你干的那些蠢事，不得体的事！抛开这一切，把心思都用在你自己的利益上！"

"我的利益？"多布里克打趣道，"我的利益跟我的自尊心和被你称作情欲的东西是一致的。"

"迄今为止可能是这样。但从此以后就不会一致了，因为我介入了！你忽视了这个新因素，这是个错误。吉尔贝是我的伙伴，是我的朋友，我必须把吉尔贝从断头台上救下来。你救救他吧，运用你的影响！我向你保证，你明白吗？我向你保证，我们会让你安静的。只要救出吉尔贝，事情就完了。你今后用不着再跟梅尔吉夫人斗，跟我斗了。也不会再有陷阱。你可以随意行动。救出吉尔贝，多布里克，否则……"

"否则？"

"否则，就是战争，无情的战争。这就是说，你注定要失败。"

"你这是说？"

"就是说，我要拿到'二十七人名单'。"

"哦！好大口气！你以为你能做到吗？"

"我发誓一定做到。"

"这件事帕斯维尔一伙人没能做到，梅尔吉夫人也两手空空，任何人都休想做到，你以为你就能做到？"

"我能。"

"为什么？大家都做不到的事，你为什么就能做到？有哪一个圣人保佑你能办到别人办不到的事，说说你的理由吧？"

"可以。"

"你有什么理由？"

"因为我是亚森·罗宾！"

他放开了多布里克，虎视眈眈地盯住他，用自己的意志控制着对方。终于，多布里克站起身，轻轻地拍拍罗宾的肩膀，以同样镇静的情绪和愠怒的倔强口吻说道：

"我，我叫多布里克。我一生都是斗过来的，我经历的是一连串灾难、失败。我花费了那么多的精力，终于赢得了胜利，全面的、决定性的、傲慢的、扳不倒的胜利。整个警察机构，整个政府，全法国，全世界都是我的敌人！如今又来了一个亚森·罗宾先生。但这又有什么可怕呢？我只会更加坚定。敌人越多，越有本事，我就越会奋力拼搏。这就是我不让人逮捕你的原因，可敬的先生。我本来是可以这样做的……是的，我本来是可以这样做的，而且做起来很容易……我给你自由，并善意提醒你在三分钟之内离开。"

"这么说，不行？"

"不行。"

"你不想为吉尔贝做点事？"

"不对。他被捕后我做了一些事。我还要做下去。那就是给司法部长施以强大压力，使诉讼按照我的安排尽快地进行。"

"什么？"罗宾恼怒地叫道，"这全是你在里面操纵，是为了你……"

"是为了我——多布里克。我的上帝，你说对了。我手里有一张王牌，这就是她儿子的脑袋。我正要打出这张王牌。等我拿到吉尔贝的死刑判决书时，等到那宝贵的时间一天天过去，等到由于我的努力，年轻人要求的赦免被驳回，你认为克拉瑞丝还会拒绝成为多布里克先生的夫人吗？肯定不会的。她还会给我一些不能拒绝的和坦率的保证。这是多么美好幸福的结局啊，简直就是上帝所指定的。当然，我会在结婚那天请你做我俩的证婚人，你不会反对吧？如果你仍执迷不悟地坚持你的想法，我无所谓，但你一定要把网编织好，陷阱设置好，武器磨锋利。再仔细学习一下你们的盗贼手册吧！现在，作为一个苏格兰人的待客之道，我想说声：滚吧，马上滚，罗宾。"

亚森·罗宾许久没有说话，两眼盯住多布里克，似乎在打量对方的身高、体重和体力，算计从什么部位下手为好。多布里克也攥紧拳头，准备自卫。

半个小时到了。亚森·罗宾把手伸向背心。多布里克也同样动作，握住了手枪柄……又过了几秒钟……亚森·罗宾不急不忙从口袋里摸出一个金质小糖盒，打开来，递给多布里克："来一片吧？"

"这是什么？"另一个吃惊地问。

"热罗代尔药片。"

"吃这个干吗？"

"因为你要感冒了。"亚森·罗宾利用这俏皮话给多布里克造成的困惑，立即抓起帽子，走了。

"显然，我这次是被打得落花流水了。"他穿过前厅时，心想，"不过，那个旅行推销员式的小玩笑还算有些新意。他本来以为要吃一颗子弹，得到的却是一片热罗代尔药片……他有点失望，傻愣在那里，这只黑猩猩！"

当他关上栅栏门的时候，一辆汽车停下来，一个人急忙跳下车，后面还跟着好几个人。亚森·罗宾认出是帕斯维尔。

"秘书长先生，向你致敬了。"罗宾嘲弄地说道，"我相信老天总有一天会安排我们相会的；但你并不能引起我多少敬意，为此我很遗憾。

我们之间总有一天会有结论的。今天要不是我太忙。我会奉陪你一下，再去跟踪多布里克，好弄明白他到底把孩子交给谁了。可我确实不得不走了，谁能担保多布里克不用电话处理我们这件纠葛呢。所以，咱们还是不要为这没有结论的事浪费时间吧，还是快去找维克朵娃、阿西尔和咱们那只盛宝贝的箱子吧！"

两个小时以后，亚森·罗宾守在奈伊的仓库里，做好了一切准备。这时，他看到多布里克从邻近一条街出来，满腹疑惑地走过来。

亚森·罗宾亲自打开大门。

"你的东西全在这里，议员先生。"他说，"你可以点点。旁边有一个汽车出租商，你只消租一辆卡车，雇几个人就行了。孩子在哪里?"

多布里克先查看了他的东西，然后把亚森·罗宾领到奈伊大街，有两个老妇人蒙着面纱，跟小雅克一起站在那里。亚森·罗宾把孩子领到自己的汽车上，维克朵娃在汽车里等着。这一切交接得很快。双方都没说不必要的话，就好像记熟了角色的演员，一来一去像上场退场一样，都事先排练好了。晚上十点钟，亚森·罗宾按照诺言，把小雅克交给他母亲。可是，孩子受了惊吓，十分不安和恐惧，他们不得不马上把医生请来。过了两个多星期，孩子总算恢复过来，看来已经能够再次经受旅行的考验了。罗宾认为再次转移母子二人是非常必要的，并且，当他们动身时，梅尔吉夫人身心也恢复了正常。他们于夜间出发，罗宾亲自指挥这次转移，而且采取了一切必要的防范措施。

罗宾将母子二人送到布列塔尼的一个小海滩上，然后把他们交给维克朵娃照料。

他把他们安置好以后，心想："我和多布里克之间总算没有人碍手碍脚了。多布里克再也不能伤害梅尔吉夫人和孩子，并且梅尔吉夫人也不可能去干使斗争偏离轨道的蠢事了。现在回想起来，才知道当初我所做的一切是极其错误的，其一，多布里克揭穿了我；其二，我那份贵重的昂吉安家具。尽管这一切我还会得到的。这是毋庸置疑的。可是，吉尔贝和沃什勒再过一星期就要被刑事法庭审判了，这可真是太糟了。"

在同多布里克的这次交手中，最使罗宾感到沮丧的，是多布里克揭露了他在夏多布里安大街的秘密住所。警察已经查封了这座房子。米歇尔·博蒙的身份也被揭穿，部分证件已被搜走。在这种情况下，罗宾一边要朝着原定目标努力，坚定地实施某些已经开始的活动，竭力躲避警察的搜捕——搜捕行动比以往任何时候都更加紧张和严厉了——一边又必须在新处境下重新调整自己的策略。

所以，多布里克给他带来的麻烦越大，他对他的愤恨也越深。他只有一个意愿：用他自己的话说，就是把多布里克装进自己的口袋，让他听自己摆布，不管他愿不愿意，都要从他嘴里掏出秘密。他想象用哪些刑罚来撬开这个顽固家伙的嘴巴最有效。是用夹棍，拷问架，烧红的火钳，还是用钉满钉子的木板呢？他觉得对这个敌人应当动用各种刑罚，反正只要目的达到，手段残忍点也不要紧。

"啊！"他心想，"一个火刑法庭，眼神冷酷的刽子手……管保成功！"

每天下午，格罗内尔和勒巴鲁都去观察多布里克往返于拉马丁街心公园、国民议会和联谊会之间的路线。他们要选择一条最偏僻的街道、最合适的时间，在某天晚上，把他推进汽车劫走。亚森·罗宾则在离巴黎不远的地方，找了一座老房子。这座房子在一个大花园里，又安全又偏僻。罗宾把它称为"猴宫"。

然而，多布里克已经做了防备，甚至每次出门他都要走不同的路线，今天乘地铁，明天又改乘有轨电车。这样一来，"猴宫"就派不上用场了。

罗宾决定另行安排计划。他从马赛召来了他的一个心腹，一个名叫布兰德布瓦老头的食品杂货店老板，他热衷于政治，且正好居住在多布里克所属的选区。对于布兰德布瓦老头从马赛的到来，议员先生极为重视，决定在下个星期安排晚宴接待这个重要的选民。

当然，对于客人的建议，多布里克是十分尊重的。于是按布兰德布瓦的要求，晚宴决定于下周四在河左岸的一家小饭馆内举行。这是亚森·罗宾的意思，这家饭馆的老板是他的朋友。这样一来，定在下周四的行动就万无一失了。

就在行动准备期间，第二周的星期一，开始了对吉尔贝和沃什勒的审讯。

　　大家都不曾把此事忘掉，法庭上的辩论至今令人记忆犹新，以至于人们对刑事法庭庭长审问吉尔贝时那种叫人无法理喻和不公平的方式至今仍然清晰地记得，大家对此事都十分关注。审判是残酷的，罗宾从中看到了多布里克施加的令人憎恶的影响。

　　两个被告的态度截然不同。沃什勒表情阴沉冷酷，少言寡语不爱说话，对他过去所犯下的罪行全部予以承认。可是，对于谋杀仆人雷奥纳尔的指控却矢口否认，并且完全把罪行加在吉尔贝的头上。这种谎言除了罗宾以外，任何其他人都无法理解。他是想通过这样做使他和吉尔贝两人的命运联系在一起，迫使亚森·罗宾采取同样的措施，把两个同伙一起救出去。

　　至于吉尔贝呢，他那张坦诚的面孔，那双迷惘和忧郁的眼睛赢得了所有人的同情。但是，他却不善于避开庭长的圈套，又不会反驳沃什勒的谎言。他老是哭，要么说得太多，要么在该说的时候又不说。他原来请的是一个经验丰富的律师，可是到了最后一刻律师却病倒了（从这件事上亚森·罗宾又看到了多布里克那只黑手），只好由一个书记员顶替。此人辩护不力，把事情全弄反了，使陪审团十分厌恶，自然无法消除代理检察长的公诉状以及沃什勒的律师辩护所造成的影响。

　　亚森·罗宾以叫人无法想象的胆量出席了最后一天，即星期四的法庭辩论。他对审判结果已不再怀疑。两个人肯定会判处死刑。

　　很显然，法庭的审判取向同沃什勒的心思不谋而合，就是要把两个被告的命运紧紧拴在一起。这主要因为案中的两个犯人都是罗宾的同伙。自案件预审到最后宣判的全过程中，尽管法庭因缺少足够证据，也不愿分散精力，而没有连带涉及罗宾的问题，可整个审判实际上始终对着罗宾，他们欲打击的真正对手正是罗宾；他们要通过打击他的伙伴来打击他本人；他们要摧毁他这个大名鼎鼎的强盗头子在公众心目中的好感和威望。宣判了吉尔贝和沃什勒的死刑，罗宾也就声名扫地，他的那些神话也就不攻自破了。

　　罗宾……罗宾……亚森·罗宾，在长达四天的审讯过程中，人们不断地听到这个名字。代理检察长、庭长、陪审团律师、证人，人们开口闭口都是罗宾。他无时无刻不被当作漫骂、嘲笑和侮辱的对象。一切罪过都是他一个人的，吉尔贝和沃什勒不过是小喽啰而已，人们要审判的正是他，他才是真正的小偷、强盗、骗子、杀人放火的惯犯、十恶不赦的罪犯！他这个浑身沾满了受害者鲜血的罪魁祸首！他把朋友推上断头台，而自己却销声匿迹、逃之夭夭！

"嘿！他们一切都是对着我呢！"罗宾自语道，"吉尔贝这个可怜的孩子不过是我的替罪羊。我才是真正的罪犯。"

这令人担忧的一幕还是发生了。

陪审员经过长时间的辩论之后在晚上七点又重新回到了审判庭，陪审团主席回答了法庭提出的询问，表示对每一点都"认同"；这是对根据实情减轻刑罚的否决。这就是最终的判决。

两名被告又被带上了法庭。他们站在被告席上，面无血色，浑身颤抖地倾听了对他们判处死刑的宣告。

在充满不安和同情的肃穆气氛中，庭长问道："你最后还有什么要说的吗，沃什勒？"

"没有，庭长先生。既然我的同伴跟我一道判了死刑，我就没什么可说的了，我们俩生死在一起……老板就得想办法把我们俩都救出去。"

"老板？"

"对，就是亚森·罗宾啊。"

人群中爆发出一阵笑声。

庭长又问："你呢，吉尔贝？"

这个不幸者的面颊上流淌着眼泪，他口齿不清地讲了几句莫名其妙的话。但是他终于在庭长又一遍重复问题时控制住了自己，并颤抖着回答："庭长先生，我要说我确实犯了许多的罪行……我做了许多坏事，我对此感到真心的悔悟……不过，不管怎么说，杀人这种事是从来也没有的……不，我没有杀人……我从来不曾杀过一个人……我不想死……这太可怕了……"

守卫搀扶着正在发抖的他，他就像一个求救的孩子那样高声喊道："救救我吧，老板……我不想死，救救我吧！"

这时，一个洪亮的声音从激动的人群中传出来，压过了人群的嘈杂声："小伙子，不必害怕，老板在这里。"

人们彼此拥挤着，大厅内一阵混乱。一个脸色红润的胖男人被冲入大厅的便衣和警察抓了起来，目击者说刚才的话是他喊的。那个人则拳打脚踢地挣扎着。他当即受到审问。他说他叫菲利普·巴内尔，是殡仪馆的职员，刚才一个邻座给他一张一百法郎的钞票，说只要他在适当时候喊出写在一张记事本上撕下来的纸上的一句话，这一百法郎就归他。这样的好事他能拒绝吗？

他拿出那张一百法郎的钞票和那张纸，作为证据。他们只好放了菲利普·巴内尔。

刚才在捉巴内尔时，亚森·罗宾十分卖力。把巴内尔交给警察之后，他离开法庭，心情沉重，十分焦虑。他在沿河马路找到自己的汽车，坐上去，垂头丧气，烦乱不安，费了很大劲才忍住没有掉泪。吉尔贝的呼唤，那绝望的失神的声音，那变了样的脸和那摇晃的身影……这一切都在他脑海里萦绕。他觉得自己永远忘不了这一幕，哪怕是一分一秒也忘不了。

他回到了自己在克里希广场一角的新住所，这是从他的许多住所中挑选出来的。他在那里等待着格罗内尔和勒巴鲁。今天晚上，他准备和他们一块去绑架多布里克。

但是，房门刚一打开，他不由得叫出声来，克拉瑞丝正站在他的面前。在判决时克拉瑞丝从布列塔尼回到了这里。

从她的表情和苍白的脸上，罗宾立即明白了她已经知道了审判结果。他快步上前，鼓起勇气，未及她开口就说道：

"是的……是的……别怕，别怕。这是我们意料中的，我们无法阻止，但我们会防止这场灾难的发生。今天夜里就行动，你听着，不会超过今天夜里。"

她一动也不动，脸上痛苦的表情让人感到难过。她喃喃地问道：

"就在今天夜里？"

"对，一切都已准备好了。不出两个小时多布里克就要落到我手里。今天夜里，不管用什么办法，定要让他开口。"

"你真的做得到吗？"她有气无力地说，似乎还存有一线希望。

"他一定会开口的。他一定会说出秘密的。我一定会把他那张二十

86

七人名单从他手中夺过来，这张名单将会救出你的儿子。"

"我看太晚了！"克拉瑞丝绝望地说。

"太晚了？为什么？难道你觉得用这张名单还换不来吉尔贝的越狱吗？三天之后吉尔贝就会自由了！只需三天……"

一阵铃声打断了他们的谈话。

"你看，咱们的朋友来了。放心吧，记住，我从来是说到做到的。小雅克不是已经还给你了吗，我也一定会把吉尔贝还给你的。"

他到门口迎进格罗内尔和勒巴鲁，并向他们问道：

"都准备好了吗？布兰德布瓦老人去饭店了吗？好，马上出发！"

"不需要了，老板。"勒巴鲁回答道。

"怎么？出了什么事？"

"有新情况。"

"新情况？快说……"

"多布里克失踪了。"

"嗯？你胡说什么呀？多布里克失踪了？"

"对，光天化日之下，他被人从家里带走了。"

"上帝！被谁？"

"不知道……四个人……开了一枪。警察赶去了。帕斯维尔在那里指挥搜查。"

亚森·罗宾愣住了，看着倒在椅子上的克拉瑞丝·梅尔吉。他自己也支持不住，只好找东西靠着。多布里克被人劫持，这意味着最后一线希望破灭了……

七、象牙雕像的碎片

　　最初的搜查一无所获。待警察局局长、保安处长以及前来调查的法官等一干人马离开多布里克的寓所之后，帕斯维尔又开始进行自己的搜查。

　　他观察了一下多布里克的书房，注意到有搏斗留下的痕迹。这时，女看门人给他送来一张写有铅笔字迹的纸条。

　　"请这位夫人进来。"他说。

　　"这位夫人不是独自来的。"女看门人说。

　　"这样？那就一起把他们请进来吧。"

　　女看门人把克拉瑞丝·梅尔吉请了进来，克拉瑞丝把跟她一起来的先生介绍给帕斯维尔。他身穿一件瘦小而布满油迹的黑色礼服，头戴一顶破旧的圆顶礼帽，手上戴着一双脏兮兮的手套，握着一把旧布伞，神情胆怯，看起来窘迫而寒酸。

　　"这位是尼克尔先生，一位家庭教师，现在是我的小雅克的辅导教师。一年来，尼克尔先生给我出过很多主意。那个水晶瓶塞的秘密主要是靠他才识破的。如果你认为没有什么不便，我想让他跟我一起听你讲讲这次绑架经过……这件事使我很着急，打乱了我的计划……也打乱了你的计划，不是吗？"

　　帕斯维尔知道克拉瑞丝对多布里克怀有深仇大恨，也赞赏她在这件事上与自己的合作，对她十分信任，就毫不为难讲了自己通过某些痕迹观察到的以及主要从女看门人那里了解到的情况。

　　其实，事情非常简单。多布里克作为证人，出席了对吉尔贝和沃什勒的审判。在法庭辩论期间，有人看到他出现在法院，将近晚上六点钟他回到家里。女看门人肯定他是一个人回来的，当时屋里没有别人。可是，过了几分钟，她突然听到叫喊声，接着是搏斗声，又听到两声枪响。她从门房里看到四个蒙面人挟持着多布里克议员冲下台阶，向栅栏门跑去。与此同时，一辆汽车开到大门口，那四个人急忙钻进汽车，那辆汽车立即飞速开走了。

"不是一直有两名警察在这里看着吗？"克拉瑞丝问道。

"是有，"帕斯维尔肯定道，"不过他们隔了一百五十米远。绑架非常迅速，尽管他们飞快赶来，但也来不及制止。"

"他们没看到些什么，也没听到什么？"

"没有，或者说几乎没……只不过捡到了这么一点东西。"

"是什么？"

"他们在地上捡到一小块象牙。当时汽车里还坐着一个人。女看门人看到，在别人把多布里克塞进汽车时，此人曾下过车，他再上车时从他身上掉下一件东西。后来他急忙把它拾了起来。那物件掉在人行道上的时候可能被摔碎了，警察找到的这块象牙就是那东西的一块碎片。"

"可这四个人是如何进入寓所的呢？"克拉瑞丝问道。

"估计是下午趁女看门人上街买菜时，用自己配的钥匙开门进去的；藏起来很容易，因为多布里克家里再没有其他人了。所有的迹象都表明，他们可能是藏在隔壁的餐厅里，并从那里袭击多布里克的。这些倒下来的家具以及被翻得一团糟的东西，都完全可以证明当时发生了一场激烈的搏斗。我们在地毯上发现了多布里克的大口径手枪，一颗子弹还把壁炉台上的镜子给打破了。"

克拉瑞丝回头看了看他的伙伴，希望他也能发表一下自己的见解。可是尼克尔先生却一直低垂着眼睛，坐在椅子上一动也不动，两只手还不住地揉搓着他的帽檐，就好像直到现在他还没找到一个地方放下他的帽子。

帕斯维尔见此情形笑了一下，很明显，他并不认为克拉瑞丝的顾问是一个多么出色的人物。

他说："先生，事情叫人难以理解，对吗？"

尼克尔先生肯定道："没错……没错……"

"那么你本人对于这个问题有什么初步的认识吗?"

"当然有啦!我觉得多布里克一定有许多敌人,秘书长先生。"

"啊!啊!说得太对了。"

"不仅如此,这其中有好几个人都想杀死他,所以就一块儿来对付他。"

"的确高见,高见,"帕斯维尔带着几分嘲弄的口气称赞道,"你说得很明白,只要你再指点一下,我们就知道从何处着手调查了。"

"秘书长先生,你不认为从地上捡到的这块象牙……"

"不,不,尼克尔先生。这块象牙是从某件东西上掉下来的,我们并不知道那是什么东西,它的主人急急忙忙地把它藏了起来。为了找到它的主人,先要弄清这究竟是件什么东西。"

尼克尔想了片刻说:"秘书长先生,当拿破仑一世被推翻的时候……"

"哦!哦!尼克尔先生,你是准备给我上法国历史课啰!"

"只有一句话,秘书长先生,请允许我说完一句话。拿破仑一世倒台以后,复辟王朝只给一批旧军官发半薪,尽管他们受警察监视、受当局怀疑,但他们始终怀念皇帝,巧妙地把他们崇拜的偶像刻在日常用具上,如鼻烟壶、戒指、领带别针、刀子等等。"

"就是说……"

"就是说,这块东西是从一只手杖,说得更确切一点,是从一个灯芯木做的防身棍上掉下来的。这根棍的上端有一个用整块象牙雕刻成的球形装饰品。仔细看这件雕刻品,就可以发现它的外部轮廓是当年那位下士的侧面像。因此,秘书长先生,你拾到的是一根手杖象牙柄的一部分,它的主人是拿过半薪的旧军官。"

"很像……"帕斯维尔一面迎着阳光仔细观察那个物件,一面不住地说,"是个侧面像,但我还是看不出这能说明什么……"

"结论很简单。在受多布里克迫害的人中间,也就是那张名单上的人中间,有个人的先辈在拿破仑麾下服过役。他是科西嘉人,靠拿破仑发了财,成了贵族,后来又在复辟王朝破了产。他的后人十有八九是前几年波拿巴党的首领。他就是藏在汽车里的第五个人。需要我说出他的名字吗？"

"德布科斯侯爵？"帕斯维尔问道。

"德布科斯侯爵。"尼克尔先生肯定地回答。

这会儿，尼克尔先生一扫那种猥琐样子，也不再为那顶帽子、那只手套和那把破伞而难为情了。他站起来，对帕斯维尔说："秘书长先生，我本可以不说出这个发现，等取得最后胜利，即把那张'二十七人名单'交给你以后再告诉你。但是情况紧急，多布里克的失踪与绑架他的那些人的期望相反，只会使你想防止的危机加速发生，所以，必须立即行动。秘书长先生，我要求得到你迅速有效的帮助。"

"我能帮你什么呢？"帕斯维尔问道，这个怪人给他的印象很深。

"请你明天把有关德布科斯侯爵的详细情况资料给我，因为我搜集这些情况得花好几天时间。"

帕斯维尔显得有些犹豫，他看了看梅尔吉夫人。克拉瑞丝向他说道："我恳请你，不要拒绝尼克尔先生的帮助。他是一位忠实的、难得的帮手。我对他的保证就如同对我本人保证一样。"

帕斯维尔问道："先生你需要德布科斯侯爵哪方面的情况？"

"他的家庭、他的工作、他的亲朋，在巴黎和外省的产业等等，一切和德布科斯有关的情况都需要。"

"说到底，劫持了多布里克的任何人，不管他是侯爵还是平民，其实都是在间接向我们效力。因为只要把名单弄到手，也就是把多布里克的武装给解除了。"

"但是秘书长先生，谁能保证他不是为了个人私利干的呢？"

"不可能。因为他的名字就在上面。"

"要是他把自己的名字划掉呢？要是他成为第二个敲诈者呢？要那样，他会比头一个更贪婪，更凶狠，并且，作为政治上的对手，他的位置更有利、更难对付。"

这个理由打动了帕斯维尔，他思考片刻，说："请在明天下午四点钟去警察局我的办公室找我，那时我会告诉你那些资料。可以留下你的地址吗？需要时我好同你联系。"

"克里希广场 25 号，找尼克尔先生。我暂住在一位朋友家里，他外出期间把房子借给了我。"

谈话结束了，尼克尔先生向秘书长深深地鞠了一躬，跟梅尔吉夫人一起离去。

"这下可好了，我可以自由地在警察局里进进出出，这样就能利用帕斯维尔和他手下的那些刑警去寻找多布里克的下落。"尼克尔走出门来，高兴得一个劲儿地搓手。

梅尔吉夫人却不抱那么大的希望，表示不同意见道："唉！还来得及吗？我最担心的，是那张名单被销毁。"

"我的天呐，被谁销毁？被多布里克吗？"

"那倒不会。但侯爵一拿到它就会销毁。"

"他还没有拿到哩！多布里克会顽抗的……至少会顽抗相当久，足以使我们找到他。你想一想，帕斯维尔现在听我的吩咐呀！"

"要是他查明你是谁呢？只要稍作调查，就会知道根本不存在什么尼克尔先生。"

"但他不可能证实尼克尔先生就是亚森·罗宾。再说，你放心，作为警察，帕斯维尔比谁都蠢。他只有一个目的，就是击败宿敌多布里克。为此，他不择手段，他绝不会浪费时间调查答应取下多布里克人头的尼克尔先生。且不用说是你推荐我来的，就是我略施小计，也足以使他落入我的套路了。所以，咱们放心大胆地干就是了。"

有罗宾为依靠，克拉瑞丝不由得鼓起了勇气，前面的路也不觉得那么可怕了。她竭力使自己相信，拯救吉尔贝的希望，不会由于这次可怕的审判而减少。但克拉瑞丝无论如何也不肯再回布列塔尼，她执意留下来，亲身感受为拯救儿子将要经受的希望和失望的磨砺。

次日从警察方面了解到的消息，证实了罗宾和帕斯维尔推测的那些情况。德布科斯在运河事件中受到重大牵连，以至于拿破仑亲王不得不撤销他对王室设在法国的派出机构的领导权。德布科斯侯爵只好四处借债甚至不择手段地弄钱来维持自己的奢靡的生活。经过调查，发现他确有绑架多布里克的嫌疑。那天他行为反常，没有参加俱乐部六点到七点的例行活动，也没有在家里吃晚饭，而是直到半夜才步行回家。

尼克尔先生对自己的推测已得到初步证实，但警察局无法弄清有关那辆汽车、汽车司机以及进入多布里克寓所的那四个人的任何情况。罗宾通过自己的情报途径也未能知道得更多。这些绑架参与者是不是因为也卷入运河事件而成为他的同伙？或只是他雇来的打手？这些均无从知晓。既然如此，就很有必要对侯爵和他的在巴黎近郊的一些私人别墅和住宅进行全面调查了。依据汽车只在不得已时才停一会儿，并且以中等速度行驶，能够估算出它们和巴黎之间的路程大约有一百五十公里远。

但是，德布科斯很早以前就把所有的东西变卖了，所以他根本没有什么别墅和宅邸在巴黎近郊。

与侯爵有密切关系的亲戚和好友也变成了调查的目标。多布里克难道被禁锢在这些人所提供的某个安全的藏身地方吗？

得到的结论同样是令人失望的。

时间一天天过去。对克拉瑞丝·梅尔吉来说，时间是何等宝贵啊！每过一天，吉尔贝同那个可怕日子之间的距离就接近一步。她对同样处于焦虑之中的罗宾说道："还剩五十五天……还剩五十天……这么短的时间，能做什么呢？啊！我求求你！我求求你……"

确实，能做什么呢？监视侯爵的事，交给谁亚森·罗宾都不放心，因此他亲自出马，可以说连觉都不睡了。可是，侯爵却恢复了平常的生活；大概他有所察觉，从不冒险外出。只有一次，他大白天去了德·蒙莫尔公爵家。他与公爵只有体育方面的交往。那天，公爵一行到杜尔莱纳森林打野猪去。

帕斯维尔说："蒙莫尔公爵是个富有的人，他只热衷于他的土地和狩猎，从不接触政治。所以很难想象他会让别人使用自己的城堡囚禁多布里克。"

罗宾也基本同意这个看法。但他还是认为应当认真对待为好。

所以，在第二个星期的一个清早，罗宾看到德布科斯穿着猎装出门时，就跟踪他到了北站，并跟他登上了同一列火车。

他在奥马尔站下了车。在那儿，德布科斯上了一辆汽车，朝蒙莫尔城堡驶去。

亚森·罗宾不急不忙吃了午饭，租了一辆自行车，骑到可以瞭望城堡的地方，恰好看到公爵的客人坐汽车或骑马从大花园里出来。德布科斯侯爵也夹在其中，整个白天，罗宾看到他骑着马在外面疾驰了三次。到了晚上，他又骑马奔向火车站，后面还跟着一个马夫。

这次跟踪德布科斯看来是有意义的，但也未查出他在这方面的活动有任何可疑之处。可是，亚森·罗宾为什么决心不为这些表面现象所迷惑，第二天又派勒巴鲁去城堡周围调查呢？表面上看，这毫无根据，多此一举，实际上这才符合他那深入细致的作风。

第三天，勒巴鲁给他送来一些没多大意思的情报之外，还送上一份蒙莫尔公爵所有的客人、仆人和警卫的名单。那些照管猎犬的仆人中间，有个名字引起他的注意。他立即发了一封电报：尽快查清马夫塞巴斯第的情况。

勒巴鲁很快给他来电：塞巴斯第，科西嘉人，是德布科斯侯爵介绍给蒙莫尔公爵的。他住在离城堡约四公里的一座封建时代留下的要塞的废墟里。这个要塞曾是蒙莫尔家族的发祥地。

"这就对了。"亚森·罗宾指着勒巴鲁的信对克拉瑞丝·梅尔吉说，"塞巴斯第这个名字马上让我想起德布科斯是科西嘉人。这就把他们俩联系起来……"

"那你打算怎么办？"

"如果多布里克果真被囚禁在那废墟里，我就设法去跟他取得联系。"

"我想他不会相信你的。"

"他会相信的。近来通过警察的调查，我终于弄清了那两个老太婆的来历，就是那天在圣·日耳曼绑架你的小雅克、又在当天晚上蒙着面孔将他带到奈伊去的那两个人。她们都是多布里克的表姐，并且都是老处女，每月都从他那里获得一笔生活费。我曾拜访过这两位卢丝洛小姐——请记住她们的姓名和地址，巴克街 134 号乙。我允诺帮她们把她们的表弟和恩人找回来。弗拉麦·卢丝洛是那个年龄较大的小姐，她送给我一封恳请多布里克要对尼克尔先生完全信任的信。你看，我已经把所有的预防办法都准备就绪了，今晚我就去。"

"我跟你一起去。"克拉瑞丝说。

"你？"

"难道我什么都不干，只是在这儿焦急地等待吗？"接着，她又叹道："眼下对我来说，时间已经不能再以天计算了……只剩下三十八九天，最多不过四十天……要用小时计算了……"

罗宾看到她决心很大，劝也劝不住，于是凌晨五点钟他们就在勒巴鲁的陪同下一同乘车上路了。

为了避免引起别人注意，罗宾选择了一个较大的城镇亚密安作为据点。他让克拉瑞丝留在那里，从那儿到蒙莫尔只有三十几公里。

将近八点钟时，他在离古堡不远的地方找到勒巴鲁。当地人称这座堡垒为死石堡。在勒巴鲁指引下，他开始观察这个地区。森林边有一条叫利吉尔的小河，在这儿转了一个弯，形成一道很深的峡谷。岸边陡峭的崖壁就是死石堡。

"这边无路可走。"亚森·罗宾说，"悬崖太陡，有六七十米高，又有河水环绕。"

走过去一点，他们发现一座小桥，通到一条山路脚下。他们沿着弯弯曲曲的小路，穿过杉树和橡树林，来到一小块空地。空地上矗立着一道粗实笨重的大门，两边包铁，钉满钉子。大门左右，一边一座塔楼。

"马夫塞巴斯第就住在这儿？"罗宾问。

"是的，"勒巴鲁回答，"他和妻子就住在废墟中的一座楼房里。我还打听出他有三个儿子，说是都出去旅行了，并且恰好是在多布里克被绑架的那一天离开的。"

"是了！是了！"罗宾说道，"这真是一个有趣的巧合，那起绑架恐怕就是这三个小子跟他们父亲一起干的。"

天擦黑时，罗宾沿着一道裂缝攀上塔楼右边一道垂直的高墙，从这儿可以眺望马夫的整个房子和古要塞废墟：近处是一截断墙，像一座壁炉台，远处有一个蓄水池，左边是一座小教堂的拱廊，右边是废弃房屋残留的一堆乱石。

悬崖前面有一条巡逻小路。小路尽头是一个几乎夷为平地的城堡主塔的遗迹。

晚上罗宾回到了克拉瑞丝身旁。从那时开始，他让格罗内尔和勒巴鲁充当平时警卫，而自己在亚眠市和死石堡之间来回往返。

已经过去了六天了……所发现的仅仅是塞巴斯第的一些日常生活行踪。他每天到蒙莫尔，在森林里来来回回巡视，白天把野兽出没的地方标注出，而在晚上进行检查。

可是罗宾已经知道在第七天会有一次打猎，而且在黎明时分就有一辆汽车向奥马尔车站驶去了。他就把自己藏在大门前面的那一小块空地包围起来的一片松树和黄杨的小树林里。

在大约两点钟的时候，罗宾听到了一阵猎犬的叫声。伴随着嘈杂的声响，他们走近了，之后又远去了。他在四点钟的时候又一次听到了这些声音，不是十分清晰，仅仅这样罢了。但是不久一阵马的飞驰声突然从沉寂中传过来，几分钟后他发现从河边小路上来了两个骑马的人。

罗宾认出这两个人是德布科斯和塞巴斯第。两人来到寨门前空地处翻身下马。一个女人——看样子是马夫的妻子——出来打开大门。塞巴斯第把马拴到离罗宾藏身处几米远的一块拴马石上，而后紧跑几步追上侯爵。他们身后的大门又关上了。

尽管这时天色还亮，但四周偏僻无人，因此亚森·罗宾毫不犹豫，爬上围墙缺口，把头探过去，看到那两人和塞巴斯第的妻子一起，匆匆朝城堡主塔的废墟走去。

仆人撩起一丛常春藤，露出一道楼梯的入口。他和侯爵一起走下去，留下他妻子在平台上望风。

亚森·罗宾知道不可能跟在他们后面下去，就又回到藏身之处。没等多久，大门又开了。

德布科斯侯爵似乎十分愤怒，用马鞭抽着自己的靴筒，咕咕哝哝地骂个不停。等他走近，亚森·罗宾听出他骂什么："啊，这个混蛋，我一定要他开口……今晚……你明白吗，塞巴斯第……今晚十点我还要来……我们要下手……啊，这个畜生！"

塞巴斯第解开马缰。德布科斯转身对仆人的妻子说："叫你儿子严加看守……要是有人企图救他，那就该他倒霉……陷阱挖好了……他们信得过吗？"

马夫坚定地回答道："侯爵先生，他们就像他们的父亲一样值得信赖，侯爵先生为我做的以及为他们做的，他们都是清楚的。他们在发生任何事情的时候都不会后退一步。"

"上马吧，"德布科斯说，"去赶大队人马吧。"

事情果然如亚森·罗宾推测的那样，德布科斯在打猎之中，离开大伙，骑马来到死石堡，谁也没有想到他这里面有什么阴谋。塞巴斯第出于旧情（具体情况我们没有必要知道），死心塌地忠于他，每次都陪着侯爵去看俘房，而他妻子和三个儿子则严密看守俘房。

"情况就是这样。"亚森·罗宾在城郊一家旅馆里见到克拉瑞丝·梅尔吉时对她说，"今晚十点，侯爵将审问多布里克……有些粗暴，但必须如此。我得亲自参加审问。"

"多布里克会把秘密都说出来吗？"克拉瑞丝担心地问。

"我也正担心这一点。"

"那有什么办法呢？"

"我有两个方案，一时还拿不准如何是好。"罗宾回答说，他神态镇静。"一个方案是不让他们见面……"

"怎么阻止他们见面呢？"

"我们赶在德布科斯之前到达那里。我和格罗内尔、勒巴鲁三人在九点钟钻进围墙，冲进要塞，夺下主塔楼，缴下警卫的枪械……这样的话，多布里克就成了我们的俘虏。"

"但是一旦他被塞巴斯第的儿子们扔进了那个侯爵说的陷阱里面呢？"

"所以，这只是我的第二套方案，在我的另一个方案无法成功时，才能强行采取这样的办法。"罗宾说。

"那么第一套方案是什么呢？"

"同他们一起参加。如果多布里克不泄密，我们就准备好在比较有利的情形下将他抢走；如果在别人的威逼下，他把藏二十七人名单的地方泄露了出来，我便同时和德布科斯获得这个秘密，而且我向上帝保证，我会先他一步把这个名单拿到手。"

克拉瑞丝说："没错……没错……可是，你想好使用何种办法加入……"

"此时我心里还没有想好，这取决于勒巴鲁将要带给我的情报和我本人搜集到的情报。"罗宾承认道。

他从旅店回到废墟时，一个钟头已经过去了。此时夜色已经来临，勒巴鲁来到这儿同他碰面。

"找到了，老板。这正是我在亚密安的书摊上看到的那本。我花了十个苏把它买了下来。"

"给我。"

勒巴鲁递过一本又脏又破的小册子，上面写着：1824年死石堡游记。内附插图和要塞平面图。

罗宾立即翻到主塔楼平面图那一页。

罗宾说："这个就是古堡主塔，有三层位于地面以上，现已夷为平地；地下的两层是在一块大岩石上凿出来的，现在碎石、瓦片已经把第一层塞满，你瞧……我们的朋友多布里克被囚禁的地方就是位于另外一层。刑讯室……一个多么有意思的名字……可怜的朋友！有两道门位于楼梯和这间屋子之间，很明显，那三个兄弟一定拿着枪站在了位于两个门之间的那个内堡里。"

"既然这样，他们一定会很容易就会发现你。"

"是的……除非从上面，从坍塌了的那一层进去，然后在天花板上找一个入口……这当然非常危险……"

他继续翻阅着那本书。克拉瑞丝问道："房间有窗户吗？"

"有。"他回答，"在下面。但外面是河水。看哪，这儿有一个入口，地图上标着的。可是它位于50米高的垂直峭壁上……而且，崖壁垂直插进河水。所以从外面很难进得去。"

他匆匆浏览了书里的有关段落。有一章引起他的注意，题目是"情侣塔"。头几行这样写道：

从前，当地人称主塔为"情侣塔"。这是为了纪念中世纪的一场惨剧：死石堡伯爵掌握了妻子不贞的证据，把她关进刑讯室。她在里面过了二十年。一天夜里，她的情人唐加维尔先生以不寻常的胆量，把一架梯子支在河里，攀上悬崖，来到刑讯室的天窗前。他锯断天窗的铁条，把情人救出来。然后，两人顺着一条绳索往下溜，眼看就要挨到梯子了。梯子有他的朋友在照看。这时，突然从巡逻小道射来一颗子弹，击中男人的肩膀。两个情人一同坠下悬崖……

读完这个故事以后，房间里一阵沉默，长时间的沉默。每个人都在想象那惨烈的越狱。在三四个世纪以前，有人为搭救情人，冒着生命危险，以常人难以想象的力量攀上悬崖，要不是某个哨兵听到声音引起警觉，他就大功告成了。从前有人敢从悬崖爬上去！从前有人这样做了！

亚森·罗宾抬眼看着克拉瑞丝。她也看着他，目光热烈，充满乞求。这是自己准备牺牲一切，也要别人铤而走险以救儿子的母亲的目光。

"勒巴鲁，"亚森·罗宾说，"去找一条结实的绳子，要很细，能缠在腰上，又要长，要五六十米。你呢，格罗内尔，去找三四架梯子，接起来。"

"嗯？你说什么，老板？"两个同伙一齐叫起来，"怎么！你想……这是发疯！"

"发疯？为什么？别人能做到的事，我也能做到。"

"可这几乎肯定是要丧命的！"

"是的，勒巴鲁，但也有成功的可能。"

"你还是想想其他主意吧，老板……"

"朋友们，我们的讨论时间已经够长了。请你们一小时后赶到河边去。"

由于寻找到可以做成十五米长的梯子的东西很困难，但是到崖壁最下面的一块伸出来的石头上必须要有这么长的一个梯子，所以他们花了很长时间去做准备工作。

终于，在九点多的时候，他们用一艘小船把这个梯子在河中间固定住了，用两根棍子卡住小船的船头，船尾则插入到河岸的陡坡里。

夜晚沉闷的天空铺满了一动不动的云块，黑漆漆的一片。很少有人在这条沿着山谷的小路上走动，他们的工作没有被任何人打搅。

亚森·罗宾最后嘱咐勒巴鲁和格罗内尔几句，笑着说："你们想象不到，别人要把多布里克剥皮抽筋的时候，我看到他那模样会多么开心！说真的，不虚此行。"

克拉瑞丝也上了船。他对她说："等会儿见。你千万不要动。不管出什么事，你都不能动，不能出声。"

"难道会出什么事吗？"她问。

"当然了！你想想那位唐加维尔先生，他抱着自己的情人，眼看就要成功了，却不巧断送了性命。不过，你放心好了，一切都会顺利的。"

她没有答话，只是抓住他的手，紧紧地握着。他爬上梯子试了试，发现梯子晃得不厉害，就开始往上爬。很快就到了最后一级。

但是危险的攀登才刚刚开始的，因为坡度太陡，所以一开始就非常困难，等到爬到了一半时，就确实变成了往一堵高墙上爬了。

值得庆幸的是，悬崖壁上总是会有一些能够把脚放进去的往里凹的地方，同时还有伸出来的石头能够用手抓住。可是，两个松脱的伸出来的石头令罗宾两次差点滑了下去，他当时认为自己肯定要跌落悬崖，摔得粉碎了。幸好他碰到了一个深洞，所以才避免掉入深谷，在里面休息了一段时间。此时他已经疲惫得一点气力也没有了，他真想不顾此事，掉头回去。他对自己冒着如此大的危险感到疑惑。

接着他便批评自己："该死！罗宾，我看你是胆怯不前了。想要半途而废吗？如果这样多布里克的秘密就要被说了出来，侯爵就把名单弄到手了。你将毫无进展地失败回去，但吉尔贝……"

拴在腰间的绳子令他很不舒服，而且他已经十分疲劳。他把绳子的一头系在腰带上，将另一头顺着悬崖垂下去，留待回来时再抓着它下去。

接着，他又开始在凹凸不平的岩壁上努力攀登起来，指甲磨破了，手也流血了。他似乎随时都要落入深渊。最使他气馁的，是他可以清楚地听到从船上传来的说话声，声音是那么近，让人觉得跟同伴们的距离根本就没有拉开。

他想起了唐加维尔先生。他当时也是独自一人在黑暗中攀登，听到石头松脱滚落的声音也一定是胆战心惊。因为四周一片寂静，一丁点声响就会引起回音。只要看守多布里克的人从情侣塔窥见自己的身影，就会开枪，他就难免一死……

他向上爬啊……爬啊……不知爬了多久，他怀疑会不会已经越过了目标，或者搞错了方向，说不定会爬到巡逻小路上去，那可就糟了。由于情况突变，使他没有足够的时间进行充分准备，这次行动有些草率和仓促，但时间不等人。

难道还有别的结局么？他十分气恼，就鼓起劲向上爬，爬上去几米，又滑下来，再爬上去，抓住一把草，结果连根也拔了出来，又滑了下去。他泄气了，准备打退堂鼓。就在这时，他全身的肌肉突然收紧了、全身的神经高度紧张。他一动不动地待在那里，凝神倾听从他抠着的石头下面传出的人声！

他听着，声音是从右边传出来的。他仰起头向上看，觉得依稀看到一线亮光划破黑暗。他究竟是以怎样的力气，怎样不知不觉地攀上去的，连他自己也不清楚。他突然来到一个洞口旁，洞很大，足有三米多。顺着悬崖峭壁延伸下去，形成了一条通道。通道尽头比洞口窄的多，三根铁条挡在前面。

罗宾爬进去，把头贴到铁条上。于是一切都看见了……

八、情侣塔

刑讯室出现在他的眼皮下。房间宽大，形状不规则，四根粗大的柱子支撑着屋顶，把房间分成大小不等的几块。四壁和地上的石板湿漉漉的，散发出潮味和霉味。这间房子平时大概就阴森可怖，而此刻，映衬着塞巴斯第和几个儿子的高大影子，还有斜射到石柱上的灯光以及戴着手铐脚镣，缩在破床上的俘虏，就显得更加神秘，更加凶险可怖。

多布里克在最前面，离亚森·罗宾呆的天窗有五六米远。一条古代的铁链把他拴在床上，又把床拴在墙上的铁环里。除此之外，他的手腕和脚踝还被皮带捆着。看守们还装了个巧妙的机关，只要他一动，他身边那根柱子上的铃铛就会响。一张矮凳上放着一盏灯，把他的脸照亮。

德布科斯侯爵站在他旁边。亚森·罗宾看到侯爵那张苍白的脸，灰白的胡子，瘦长的身体。他看着自己的俘虏，流露出满意的神情和刻骨的仇恨。

沉默了几分钟，侯爵命令道："塞巴斯第，把三个火把都点燃，我要好好看看他。"

三个火把都点燃后，侯爵看清了多布里克的面孔，他俯过身去，近于温和地说："咱们这场较量的最后胜负还很难定，但至少这会儿，在这间屋子里，我将享受几分钟的快乐。你可把我害苦了，多布里克！你让我流了多少眼泪！噢！多少辛酸的眼泪……多少次绝望的哭泣……你从我手里抢走了多少钱啊！你发了大财了！你的揭发真令我胆战心惊！我的名字一旦张扬出去，就意味着我将身败名裂，彻底破产，你这个十恶不赦的恶棍！"

多布里克一动未动，他们把他的墨镜摘了下来，但眼镜还保留着，镜片反射着亮光。他显得十分瘦，颧骨在面颊上高高地突着。

"好啦，现在该收场了。"德布科斯说，"好像有几个家伙在附近转悠，但愿他们不是冲你来的，不是企图救你出去。因为那样一来，你立即就会完蛋。这点你明白！塞巴斯第，陷阱没有故障吧？"

塞巴斯第走了上来，用一个膝盖跪在地上，转动一个床脚下的铁环。在一块石板移开之后，一个黑洞露了出来。

侯爵接着说道："你瞧，我们把所有的情况都考虑到了，我们必须得到我们想要的东西，至于地牢……深不可测的地牢，这就是流传已久的古堡故事的发生地。所以，没有人来救你，你没有任何希望活着出去，你还是说出来吧。"

多布里克还是一句话不说。

德布科斯接着说道："今天是第四次审问你，多布里克。为了摆脱你的讹诈，我这是第四次屈尊向你索要那张名单了。这是第四次，也是最后一次。你到底说是不说？"

对方的回答仍然是沉默。德布科斯向塞巴斯第使个眼色，看守便走上前来，后面还跟着他的两个儿子，其中一个拿着根棍子。

"动手！"德布科斯又停了一会儿，命令道。

塞巴斯第把捆着多布里克右手腕的皮带松开来，他的一个儿子，把抓在手里的木棍插进他的手腕和皮带中间。

"开始吗，侯爵先生？"

又是一阵沉默。侯爵在等待着，多布里克没有任何反应。

侯爵喃喃着说："为什么要受皮肉之痛呢？说吧！"

依然听不到回应。

"塞巴斯第，转吧。"

塞巴斯第把棍子绞了一圈，皮带勒紧了。多布里克呻吟了一声。

"还不打算开口吗？你清楚我是不会让步的，是不可能让步的。你在我手里，如果必要，我会把你折磨至死。还不愿意说吗？不说？塞巴斯第，再绞一圈！"

看守执行了命令。多布里克疼得跳起来，然后叫了一声倒下去。

"蠢货！杂种！"侯爵气得浑身颤抖，"快说！怎么样？这张名单你还没有用够？现在该轮到别人用它了！快说……它放在哪儿？只要说出一个字……一个字就行……我就放了你……就在明天，只要我一拿到那

103

张名单，你就自由了。自由了听见了吗？噢，为了上帝，你说呀！噢！你这个无赖，塞巴斯第，再转一圈！"

塞巴斯第又一使劲。多布里克的骨头"咔嚓"一声。

"救命！救命！"多布里克嘶声叫喊，徒劳地挣扎。

接着，他断断续续地低声道："饶命……饶命啊……"

这是多么令人恐怖的情形啊！三个儿子的脸上显露出一种惶恐不安的神情。罗宾的心也颤抖起来，他十分厌恶这样残忍的事情，他是无法做出这样的事情来的。在此时，罗宾就要听到多布里克的回答了。在强烈的痛苦逼迫下，多布里克将把自己的秘密说出来。罗宾已经开始考虑如何撤退了。他想到他的汽车，想象自己将以何等疯狂的速度奔向巴黎，奔向那即将到手的胜利！

"快说！"德布科斯咬牙说道．"快说吧，说了一切就都结束了。"

"好……我说……"多布里克呻吟着回答。

"那就说吧！"

"再等一等……明天……"

"喂，你疯了！等到明天？你疯了吗？塞巴斯第，再来一圈！"

"不，不！"多布里克痛苦地叫道，"不，别再转了！"

"那就快说！"

"是这样……那张纸被我藏在……"

多布里克可能是疼到极限了。他抬起头，用尽全身的力气，吐出些不连贯的字，其中两次听得出是"玛丽……玛丽……"然后就倒下去，瘫在床上，一动也不动了。

德布科斯命令塞巴斯第道："松开一点，真该死！我们的力量是不是太大了？"

他急忙上前检查一番，发现多布里克只不过是昏了过去。他本人也筋疲力尽，无力地瘫坐在地上，擦着额头的汗水，咕哝道："咳！真是一件倒霉的差事……"

"今天也许够了。"那看守说。他那张凶狠的脸显得激动，"可以明天再开始……或者后天……"

侯爵没有说话。一个儿子递给他一瓶白兰地。他倒了半杯，一饮而尽。

"明天，不行！"他说，"要马上说。再加把劲就行了。他到了这个地步，就要开口了。"

他把看守拉到一边，对他说："你听见了吗？他说的'玛丽'是指什么？他连说了两遍。"

"对，两遍。"看守说，"他可能把你要的名单交给一个叫玛丽的人保管。"

"绝不可能！"德布科斯反驳道，"他从不相信别人……一定是别的意思。"

"那是什么意思呢，侯爵先生？"

"什么意思？我不久就会知道，我可以向你保证。"

这时，多布里克在床上移动了一下，并长长地吸了一口气。

此时德布科斯已全部恢复了力量，注视着他的敌人，向他走了过去并说道："多布里克，你已经看见了……想抵抗那是在做梦……对于一个失败者，只有向胜利者屈服。既然如此，你令自己遭受折磨又有什么必要呢……好啦，还是看清点形势吧。"

然后，他又对塞巴斯第说："再把皮带绞紧一点……让他觉得有点痛……这会让他清醒……他在装死……"

塞巴斯第又拿起棍子绞起来，直到皮带碰到多布里克那皮开肉绽肿起来的地方。多布里克疼得直叫。

"停下，塞巴斯第。"侯爵命令道，"我们的朋友现在处境很妙，你明白妥协的必要，对不对，多布里克？你愿意快点了结吗？你真是个明白人！"

侯爵和看守都向多布里克俯下身子。塞巴斯第拿着那根棍子。德布科斯举着灯，好看清多布里克的脸。

"他的嘴唇在动……他要说话……放松一点，塞巴斯第。我不愿让我们的朋友太痛苦……不，绞紧一些……我想我们的朋友有点犹豫……再紧一圈……停下……行了……啊！亲爱的多布里克，你再不好好说，那就是浪费时间。什么？你说什么？"

亚森·罗宾低低地骂了一句。多布里克说话了，而他，罗宾，却仍然什么也听不到：他竭力克制心脏和太阳穴的跳动，使劲地竖起耳朵听，也是白费。下面的声音一点都听不到。他想道："真混蛋！对于这种情况我却没有事先想到。怎么办?"

他正准备举枪对准多布里克,送给他一颗子弹,不让他把话说完。但转念一想,这样做,还是不会知道秘密,最好还是看看事态的发展,再加以利用。

室内,多布里克在继续交代。他的话听不清,断断续续,还夹杂着抱怨。德布科斯对他步步进逼:"还有……快说完……"

他不时地发出赞叹:"好!很好!不可能!再说一遍,多布里克……啊!这样啊,有意思……谁都没有想到吗?帕斯维尔也没想到?多笨!松了吧,塞巴斯第……你看我们的朋友透不过气来了……悠着点,多布里克……别累着了……那么,亲爱的朋友,你说……"

多布里克说到末尾了。一阵长时间的低语。德布科斯认真听着,没有插话,而亚森·罗宾一个字也听不见。接着,侯爵站起身,快活地说:"好了!谢谢你,多布里克。希望我将永远不会忘记你,为了刚才你所做的一切。将来,在你有任何需要的时候,你尽管来到我家里,我将在厨房里为你准备一片面包和一杯清水。塞巴斯第,一定要像你对待自己的儿子那样照顾好议员先生。那么,我们先松开他的绑绳吧。噢,你们竟把他像小鸡穿在烤扦上一样地捆在那里,实在太狠心了!"

"要给他喝点什么吗?"看守提议道。

"当然!快给他一点喝的。"塞巴斯第和他几个儿子给多布里克松了绑,帮他擦揉肿胀的手腕,用涂了软膏的纱布给他包扎好,然后又让多布里克喝了几口烧酒。

"好一些了?"侯爵说,"不过,不要紧,过几个钟头就不疼了。你可以去吹嘘,说自己经受住了宗教裁判所时代的酷刑!走运的家伙!"他看看表。

"说得够多了,塞巴斯第,叫你儿子在这儿轮流看守他。你送我去火车站,赶末班火车。"

"侯爵先生,那么,我们允许他自由活动吗?"

"当然可以。你想一想,难道他要在这里被我们关到死吗?多布里克,请不必担心,这种事情不会发生。我明天下午就能到达你的府上……假如在你所说的地方确实有那个名单,我将立即打一个电报,到那时,你就会被他们释放的。你不会骗我吧,嗯?"

106

他走回多布里克身边，弯下身，说："你不会开玩笑，对吧？你要是那样做就太愚蠢了。我不过损失了一天时间，你却将失去余生。不，不会的。因为藏的地方太妙了，是编不出来的。塞巴斯第，明天你一定会收到我的电报。"

"要是有人阻止你进入他家怎么办呢，侯爵先生？"

"为什么要阻止？"

"帕斯维尔的人已经控制了他在拉马丁街心公园的那座房子。"

"这还不必担心，塞巴斯第。我会进得去的。门进不去，还有窗子呢！如果窗子也进不去，那我就去跟帕斯维尔手下的某个家伙做笔交易。不过是花点钱而已。谢天谢地，从今往后咱们再也不会缺钱了！晚安，多布里克。"

他走了出去，塞巴斯第紧跟在后。沉重的大门关上了。

根据刚才发生的新情况，罗宾立即重新制定了方案，开始准备撤退。

他拽了拽带上来的绳子，摸索着一块凸出的石头，好把绳子挂上去，将两头比齐，抓在手里实一点。但是，他找到合适的石头以后，却没有立即往下溜，反而停着不动，思索起来。到了最后一刻，他突然对自己的方案不满意了。

"荒谬，"他寻思，"我要干的事太荒谬，不合逻辑。谁能肯定德布科斯和塞巴斯第不会躲过我的袭击呢？谁能肯定我把他们抓到手，他们就会开口呢？不，我应当留下来，留下来更好……好得多。我要进攻的不是那两个人，而是多布里克。那家伙刚吃过那些苦头，一定疲乏到了极点，我要弄他走，他绝对没有力气反抗。同时，他已经把那秘密收藏的地方在侯爵面前吐露出来，所以未必不肯在我面前说出来。对！就这样办。"

罗宾又想到一点："如果带走多布里克的计划失败，我就和克拉瑞丝两个赶紧回到巴黎去，找帕斯维尔商量，请他多派人员严密监视多布里克的住宅，不要使侯爵溜进住宅里去。"

附近乡村教堂的钟敲响了十二点，这意味着罗宾尚有六七个小时来实施他的新方案，他立即开始了行动。

他离开那个天窗，来到悬崖上的一个凹陷处，摸到一丛灌木。他用刀子砍了十二棵小树，把它们截成一样长。然后他把绳子分成长度相同的两截，绑上十二根小木棍，就这样做成了一副六米左右的绳梯。

等他再返回时，多布里克床边就剩下马夫的一个儿子了，他在灯边抽着烟。多布里克已经睡着了。

"该死！"罗宾心里骂道，这小子难道要在这里看守一宿不成？真是这样，我就毫无办法，只好撤退……

可一想到德布科斯将成为掌握这个秘密的人，罗宾心里就翻腾起来。目睹刚才的审讯场面，他知道侯爵是在牟取私利。他拿到那张名单，绝不仅仅是要摧毁多布里克，他要以多布里克同样的手段重整家业。

从这时起，罗宾将要开始一场迎接新对手的挑战。事态急转直下，使得罗宾没有时间对前景做出判断。现在最重要的就是向帕斯维尔通知，不惜任何代价把德布科斯的去路截住。

可是，罗宾还是被可能的一线希望留了下来，就是盼望着有一件什么意想不到的事情发生，可以为他创造行动的机会。

十二点半敲响了，接着又是一点。等待变得焦灼难熬。尤其是一股寒雾从山谷中升起来，亚森·罗宾觉得寒冷彻骨。远处传来马蹄声。

"是塞巴斯第从火车站回来了。"他心想。

这时，在刑讯室里看着的那个儿子，把烟丝袋里的烟丝抽完之后，开门问他的两个兄弟是否还有另外的烟丝。听到他们的答复之后，他便离开房间，朝他们一家所住的楼房走去。

让罗宾大吃一惊的是，门刚一关好，熟睡的多布里克就一下子坐了起来，侧耳倾听，先试探着放下一只脚，然后又放下另一只脚。他站到了地上，轻轻地晃动身子。他确实比别人想象的要结实得多。他正在检验自己的体力。

"好家伙，他还留着劲儿呢。"罗宾心想，"他完全可以经受住再一次的绑架。只有一点我不放心，就是不知他是否相信我，愿不愿跟我一道走，会不会把这个天赐的搭救行动看成是侯爵设的圈套？"

他的口袋中就放着这封信。他把它拿了出来，接着侧着耳朵倾听。只有多布里克踩在石板上的轻微的脚步声，除此之外任何动静也没有。罗宾发觉机会来了。他飞快地将手臂伸进铁条中间，把信抛了下去。

信飘舞在大厅中，然后在距离多布里克三步远处落了下来。它是来自何处？他把头抬了起来，向窗户望去，希望能从大厅顶部的黑暗中看到什么。之后，他又看着信封，迟疑着不敢去拿，就如同怕是个陷阱似的。他忽然朝门那边快速地看了一下，把身子迅捷地低了下去，一把把信封抓了起来，拆开它。

他看到签字后便吁了一口气："啊！"

他小声地读着信："你要完全信任带信人。他得了我们的钱，查出了侯爵的秘密，并制定了帮你逃跑的方案。一切都已准备就绪。厄弗拉齐·卢丝洛。"

他又读了一遍，反复念着："厄弗拉齐……厄弗拉齐……"又抬头向上看。

亚森·罗宾轻轻地说："我锯开一根铁条要两三个钟头。塞巴斯第和他儿子会回来吗？"

"大概会，"多布里克也像他一样轻轻回答，"不过，我想他们是不会管我的。"

"他们睡在隔壁吗？"

"对。"

"那他们听不见？"

"听不见，门很厚。"

"那好，这样我干起来会更快一些。我准备了一个绳梯。没有我帮助，你一个人上得来吗？"

"我想差不多…我先试试……他们把我的手腕弄伤了……噢，这些畜生！我的手简直动都不能动……而且我身上也没有多少力气。当然，我还是要试的……而且，我也只能这样做……"

他的话停止了，倾听了一段时间后，把手指放在了嘴上，小声道："嘘！"

在塞巴斯第和他的儿子们走进屋时，多布里克已经把信藏了起来，重新回到床上躺着，装作忽然醒过来的模样。塞巴斯第把一瓶酒、一个酒杯和一些食品带了进来。

"还好吧，议员先生？"他大声说道，"唉！刚才可能绞重了一点……这种刑罚太残酷了。据说这在大革命时期和波拿巴当政时期很流行……在那个还有强盗用火烧脚逼人交钱的时代……这可真是个出色的发明！又干净……不流血……啊，又不费时间！才二十分钟，你就把秘密说出来了。"

塞巴斯第哈哈大笑。

"顺便，议员先生，请接受我的夸赞！藏在那地方，真是妙极了。谁想得到呢？你知道吗，你一开始说出玛丽这个名字，把侯爵和我都搞糊涂了。你并没说假话，只不过，对了……只说了一半。你应当把话说完。不过，这样才有趣！原来就在你书房里的桌子上！真的，很有趣。"看守站起身，搓着手，在房间里踱来踱去。

"侯爵先生十分高兴！高兴得明晚要亲自来释放你。是的，他考虑好了，有些手续还要办一办……你可能还得在几张支票上签字。你从前吃下去的，当然要吐出来！侯爵先生失了钱，吃了苦，你当然要赔偿。不过这又算得了什么？对你来说只是小事一桩！还不说从现在起就已经给你解开身上的铁链和手上的皮带。总之，你享受的是国王的待遇！甚至，你瞧，我还奉命给你拿来一瓶陈酒和一小瓶白兰地呢！"

塞巴斯第又讲了一些笑话，然后拿起灯，在大厅内进行了最后一次巡查后，向他的儿子们说道："让他睡觉吧，你们也去睡吧，三个人都休息。但是要警觉一些……不要让任何人知道……"

他们都从屋子里退了出去。

罗宾等待着，小声说道："我可以开始吗？"

"可以了，不过要小心。一两个小时内，他们恐怕还会来查看的。"

罗宾动手干了起来。他带来一把锋利的锉刀，而窗上的铁条由于天长日久，锈蚀严重，似乎一碰就断。罗宾有两次被异常情况打断，他侧耳倾听，原来是一只老鼠在上层乱石堆里跑动，后来又有一只猫头鹰从天上飞过。他不停地锉着，多布里克则把耳朵贴在门上倾听门外的动静。一有情况，他便发出警告。

"好了！"锉完最后一下，亚森·罗宾心想，"干得还不坏。真的，这可恶的坑道太窄了，使不开手脚……还不说这么冷……"他使出全身力量扳那根锉断了的铁棍，终于弄出一道可以供人钻出来的空隙。然后，他又到坑道最宽的地方拿了绳梯，挂在铁棍上，喊道：

"喂……行了……准备好了吗？"

"好了……我就上……再等一下，我听听……好……他们睡着了……把梯子给我。"

亚森·罗宾把梯子放下去，问道："需要我下去吗？"

"没必要……我是有点乏力……可是，还能行。"

的确，他十分快速地就爬到了通道口，并随着他的救命恩人走了出来。可是，由于他想增添些气力，便喝光了酒瓶中剩下的一半酒，再加上外面的新鲜空气，令他觉得头昏眼花，全身乏力，所以就在通道的石板上直挺挺地躺了半个钟头。罗宾等得失去了耐心，他用缆绳的一头把多布里克绑起来，另一端系在窗户的铁棍上，想把他如同包裹那样滑下去，多布里克这时清醒过来，力气也比较充足了。

他低声道："都过去了，我觉得还可以。从这里下去是不是十分高啊？"

"是，有五十多米高。"

"德布科斯为什么没有预先考虑到人可以从这里逃脱呢？"

"峭壁十分陡。"

"那么你是如何上来的？"

"让我怎么说呢！你的两位表姐恳求我来救你……说实话，我也是为挣钱糊口啊，她们俩又是那么好心眼儿。"

"难得她们二人！"多布里克感叹道，"这会儿她们在哪儿呢？"

"就在山脚下，在船上。"

"山底下就是河吗？"

"是的。不过，咱们先别聊了，这儿太危险，对吗？"

"再问一句，你在丢信给我之前，已经在上面待了很久吗？"

"没有，没有……我刚上去，在那儿最多有十五分钟。等一会儿我再细说……现在要赶快行动。"

罗宾在前面向下爬，又叮嘱多布里克把绳子抓紧，倒退而下。在行动艰难的地方，他又用手从下面去托他。

他们用了四十多分钟才来到悬崖那块凸台上。多布里克的手腕受过刑，使不上劲，亚森·罗宾好几次只得扶着他。

多布里克一遍一遍地骂道："啊！那些歹徒，折磨我……恶棍！啊！德布科斯，这笔债，我会叫你好好还的。"

"安静！"亚森·罗宾说。

"什么事？"

"上面……有声音……"他们一动不动地待在平台，仔细倾听。罗宾记起了唐加维尔先生和那个杀死他的哨兵，觉得全身颤抖。

他说道："没事了，我听错了……况且话说回来，十分可笑……他们根本无法从那儿打中我们。"

"什么人打中我们？"

"没有……没有……我脑子里突然出现一个十分可笑的念头……"

他摸索着找到了那架梯子，说道："看好，这个梯子就立在河床里。我的一位朋友和你的两位表姐都在下面扶着呢。"

他打了一声口哨。

"我下来了。"他小声说，"扶好梯子。"

他对多布里克说："我先下。"

多布里克却不同意说："还是我先下比较好。"

"为什么？"

"我一点劲儿也没有了，你把我挂在你腰间绳子上，从上面拉着我……不然我会掉下去……"

"对，你说得对。"亚森·罗宾回答，"你过来。"

多布里克走过来，跪在岩石上。亚森·罗宾帮他把绳子捆好，然后弯下腰，握住梯杆，让它不摇晃。

"下吧。"他说。就在这时，他感到肩上一阵剧痛。他一边倒下去，一边骂道："混蛋！"

罗宾的脖颈下边，稍微靠右的部位上被多布里克扎了一刀。

"啊！畜生……没有人性的东西……"

罗宾感觉到多布里克正在黑暗中把绑着他的绳子解开，此时听到了他的低语："你也真蠢！你带来卢丝洛表姐的那封信，让我一眼就认出是老大奥得拉伊得的笔迹。然而，这个狡猾的奥得拉伊得可能对你有些怀疑，也为了让我在紧要时刻提高警惕，所以小心地签了她妹妹的名字厄弗拉齐·卢丝洛。你明白，我先有些奇怪……后来，稍微动了一下脑子……你是亚森·罗宾先生，对不对？克拉瑞丝的保护人，吉尔贝的救星……可怜的亚森·罗宾，我想你现在大事不妙……我很少杀人，不过要开杀戒的话，还是狠得下心的。"

他俯身打量伤者，翻着他的衣袋。

"把枪给我。你知道，你的朋友几乎会立即认出我不是他们的老板，会抓住我的。我没有多少力气了，一两颗子弹是必要的……永别了，亚森·罗宾！到另一个世界再见吧，替我在那边订一套带有现代设备的房间……永别了，亚森·罗宾。谨表示感谢……真的，要是没有你，我还不知会落个什么下场！真没想到德布科斯竟没下杀手，这家伙……我见到他该多高兴啊！"

多布里克准备好了，又打了声口哨，船上有人回应。

罗宾用力伸出胳膊，想要抱住他，却扑了个空。他想用喊叫声向下报警，却一声也喊叫不出来。

他感到头脑麻木，耳朵里嗡嗡作响。

下面突然传来几声叫喊，然后是一声枪响，紧接着又是一枪。下面又是一阵得意的笑声和女人的呻吟。而后又是两声枪响……

罗宾猜想克拉瑞丝准是受了伤，也许被打死了。他想象着得意离去的多布里克，想到了德布科斯，想到了那个水晶瓶塞，想象他们二人中将有一人最终会获得它，别人再也无法阻拦。然后，他又突然想到唐加维尔先生抱着情人坠入山谷的情景。他轻轻地喊着："克拉瑞丝……克拉瑞丝……吉尔贝……"

他变得十分静默，十分安宁。他不做任何反抗，觉得自己无力的躯体毫无阻挡地向崖边滚去，滚向深渊……

九、黑暗追踪

　　亚森·罗宾在亚眠市的一家医院的病房里苏醒过来。坐在床头的是克拉瑞丝，还有勒巴鲁。

　　两人在谈些什么，罗宾闭着眼睛听。他听到他们一直在为他的生命担忧，而现在危险期已经过去。从他们断续的谈话中，他才知道了死石堡那一夜的历险经过。多布里克下来之后，船上的人认出不是自己的老板，于是一阵慌乱，接着就是短促的搏斗。克拉瑞丝扑向多布里克，结果肩上挨了一枪，受了伤。多布里克向河岸跑去。格罗内尔追着向他开了两枪。勒巴鲁沿梯而上，找到了昏倒在地的罗宾。

　　亚森·罗宾听着，拼命努力听着。他集中全部精力要抓住几个字，弄明白它们的意思。突然，他听到一句可怕的话：克拉瑞丝哭着说，十八天过去了，救她儿子的时间又少了十八天！十八天！亚森·罗宾大吃一惊。他感到一切都完了，自己永远也康复不了了，永远也不能进行斗争了；吉尔贝和沃什勒会被处死……他的脑子又不管用了，又发高烧，说胡话……

　　又过去一些日子。在亚森·罗宾一生中，这段时间也许是他谈起来最为恐怖的日子。他已基本恢复了知觉，有时头脑相当清醒，能准确判断处境和局势。但他还不能理清思绪，不能凭理智指示手下应当如何行动或禁止行动。

　　每当他清醒过来，常常发现自己的手被克拉瑞丝握着。在那高烧不退的半梦半醒的状态中，他不停地向她说些古里古怪的话，既有温存的言语，也有冲动的叫嚷。有时他哀求她，有时又感谢她，还不时感谢她在无尽黑暗中使他看见了光明……

　　此后，他变得越来越安静了，而且对于自己曾经说过什么好像一点也不记得了。于是他勉强笑着说："我是不是胡言乱语呀？不可避免地说出了许多蠢话！"

克拉瑞丝默不作声，这让他更加确信，自己在发高烧的时候说了不少的傻话……只是她对此并不在意罢了。她对罗宾的关怀，对他的忠诚，对他的细心照顾以及对他病情的最细微的变化所表现出来的忧虑，这一切都不是对罗宾本人，而是对一个能够把吉尔贝解救出来的人。她看着罗宾缓慢地恢复，她觉得惊惶不定。他在什么时候才可以重新回到战场呢？希望每过一天就少了一点。此时，却一个劲地白白消耗时间，是不是叫人觉得有些发疯？

罗宾心里不断地默念着："我很快会好的……我很快会好的……"他坚信这种祈祷会使他的伤势好转。

可是，他仍然不得不一连几天躺在床上，一动也不能动，以免弄坏伤口或神经过于兴奋。他还尽力克制自己不去想多布里克。可这个魔鬼的身影却总是萦绕在他的头脑中，挥之不去。

一天清晨，罗宾醒来后终于感觉自己大大好转，伤口基本痊愈了，体温也恢复了正常。一位朋友的私人医生每天从巴黎赶来给他看病，并保证说再过两天他就可以下床活动了。从这天起，他开始让人把他推到敞开的窗子前呼吸新鲜空气。他的同伴和梅尔吉夫人这几天正好不在——他们三人都出去了解情况了。

温暖的阳光和宜人的春风，又把生命的活力带回他身上。他又恢复了思考能力，往事又顺次地一件件排列在他的脑海里，思路也清晰起来。

晚上，他收到克拉瑞丝的电报，告诉他情况越来越糟。她与格罗内尔和勒巴鲁要留在巴黎。他被这电报搅得心烦意乱，一夜都没睡好。究竟是什么消息促使克拉瑞丝发来这样一封电报呢？第二天，她回来了，一脸煞白，两只眼睛哭得通红。她有气无力地坐下，含糊地说："向最高法院的上诉被驳回了。"

他压住自己的情绪，吃惊地问："你原来还指望他们会接受么？"

"没有，没有。"她说，"可是……我总是不由自主地怀着一线希望……"

"昨天驳回的吗？"

"有八天了。勒巴鲁瞒着我,我又不敢看报。"

罗宾说:"可能还有赦免的希望……"

"赦免?你认为人家会赦免亚森·罗宾的同伙?"她愤怒而苦涩地说出这句话。

亚森·罗宾好像没听见,说道:"对沃什勒,也许不会赦免……但也许会怜悯吉尔贝,怜悯他年轻……"

"没人怜悯他。"

"你怎么知道?"

"我见过他的辩护律师。"

"你见过他的律师?那么你对他说了……"

"对他说了我是吉尔贝的母亲。我问他如果说出我儿子的真实身份,能不能对判决产生影响……至少缓期执行。"

罗宾小声问道:"你这样做了?你承认了……"

"吉尔贝的性命比什么都重要。我的声誉又算什么!我丈夫的声誉又算什么!"

罗宾反对道:"但是你的小儿子雅克的前途呢?把雅克毁掉并让他作为一个死刑犯的兄弟,这难道是你的权利吗?"

她垂下了头。

罗宾接着问道:"律师是如何答复你的?"

"他告诉我,这样做对吉尔贝一点作用也没有。虽然他矢口否认,我还是看出他不抱任何希望了,赦免委员会将决定执行死刑判决。"

"就算赦免委员会这样决定,可还有总统呢。"

"总统一般不会反对委员会的决定。"

"但这一次他不会同意。"

"怎么说呢?"克拉瑞丝问道。

"这次我要对他施加影响。"

"你如何去施加影响?"

"以二十七人名单作为交换条件。"

"你得到名单了?"

"还没有。"

"那怎么……"

"我会得到的。"

他的决心并没有动摇。他用自己的镇静和自信来证明自己威力无比的意志。

可她只是稍稍耸了耸肩，不太相信他的话。

"如果德布科斯没有把名单拿走，那么现在只有一个人能够对总统施加影响，只有一个人，那就是多布里克……"

她心不在焉地慢慢说出这句话来。这不禁使罗宾浑身发抖。难道她现在还想——过去他常觉得她有这样的想法——去见多布里克？要不惜一切代价去求他救吉尔贝？

"你向我发过誓。"他说，"我再提醒你，我们说好，同多布里克的斗争由我指挥。你不能去和他达成什么协议。"

"他在哪里我根本不知道。假如我知道的话，你又怎么会不知道呢？"她支支吾吾地搪塞着。

罗宾没再多谈什么，但是已经暗中做出了对她进行监督的决定。还有许多情况需要她讲呢！于是他又问道："这么说，你们还没摸清多布里克的情况？"

"没有。不过很明显，格罗内尔开了两枪，有一枪击中了他。因为在他逃走后的第二天，我们在一矮树丛里找到一块沾有血迹的手帕。另外，还有人在奥马尔火车站看到过一个神色疲倦、步履艰难的人。这人买了一张去巴黎的火车票，登上开往巴黎的头班火车……这就是我们所了解的全部情况……"

"他大概伤势很重，躲在一个保险的地方养伤呢！"罗宾说道，"也可能，他认为最好能在哪儿藏几个星期，躲一躲警察局、德布科斯、你、我和他所有敌人的追踪。"

他想了一会儿，又说："多布里克逃走之后，死石堡有什么消息吗？当地人有没有议论这件事？"

"没有。第二天一早，那条绳子就被取下来了。这说明塞巴斯第和他的儿子们当夜就发现多布里克逃走了。第二天一整天塞巴斯第都不在家。"

"哦，他想必是给侯爵送信去了。那么侯爵呢，现在他在哪儿？"

"待在他自己家里。根据格罗内尔的侦查，他家里也没发生任何可疑的情况。"

"你们肯定他没到拉马丁公园那座寓所去过吗?"

"肯定没去。"

"多布里克也没回去过吗?"

"也没有。"

"你去见过帕斯维尔吗?"

"帕斯维尔休假,在外地旅行。不过,他委派负责此案的布朗松警长以及看守那房子的警察都肯定说,他们严格执行帕斯维尔的命令,一刻也没有放松对私邸的监视,甚至夜里也很仔细。他们轮流值班,总有一个人守在多布里克的书房里。因此,谁也不可能进去。"

"那么原则上瓶塞还应该在那间书房里。"亚森·罗宾说。"如果多布里克失踪前在那里,现在就应该还在那里。就在他办公桌上。"

"在办公桌上?为什么这样说?"

"因为我知道它在那里。"亚森·罗宾回答。他没有忘记塞巴斯第的话。

"那你知道瓶塞藏在哪儿呢?"

"说不准。不过办公桌就那么大地方,用不上二十分钟就可以搜遍。如果必要的话,十分钟就可以把它拆成碎片。"

谈过话后,罗宾非常疲倦。他不愿因身体不适而出差错,便对克拉瑞丝说:"听我说,我要你再给我两三天休息时间。今天是三月四日星期一。后天,星期三,最迟星期四,我就可能下床活动了。请相信,到那时咱们一定会成功。"

"那么,在这之前呢?"

"在这之前,你先回巴黎去,同格罗内尔和勒巴鲁一起住到特罗卡德洛附近的富兰克林旅馆里,监视多布里克的房子。你可以自由进出这个寓所,这样可以让那些警察们再积极和警惕一些。"

"要是多布里克回来怎么办呢?"

"他回来当然好,那咱们就抓住他。"

"他要是不在那里停留呢?"

"他要是不停留,就让格罗内尔和勒巴鲁去跟踪他。"

"可是,他们万一把他跟丢了呢?"

罗宾没有回答。此刻，在旅馆里不能动弹是多么痛苦，而且不能亲临战场指挥，他又是多么着急！这种心情是谁也体会不了的。也许正是这种焦虑和内疚的心情，使他的伤口久久不能复原，超过了正常的恢复时间。

他虚弱地说："我们还是先谈到这儿吧。我请求你。"

伴随着那个叫人害怕的日子的一天天接近，他们之间的关系变得越来越紧张。让她把自己儿子卷入昂吉安的意外事故忘记，或者希望可以忘记，这是不公平的。梅尔吉夫人无法忘记，与其说由于他是罪人，倒不如说由于他是罗宾的同伙，所以法庭才对吉尔贝进行如此严厉的处罚。就算罗宾竭尽全力，就算他有天大的本领，但是到了最后又有什么成效呢？对吉尔贝来说，他的干预又有什么好处呢？

一阵默不作声之后，她把罗宾一个人留下，自己走了出去。

第二天罗宾还是十分虚弱。可是明天就是星期三了。在被医生要求要一直休息到周末的时候，罗宾问道："要是不这样做，会有什么危险呢？"

"还可能发烧。"

"不会有别的问题了吗？"

"不会。伤口已经结痂了。"

"爱出什么事就出什么事吧。我坐你的汽车走，中午就到巴黎了。"

罗宾所以急于马上动身赶往巴黎，是因为他收到克拉瑞丝发来的一封信："我发现了多布里克的踪迹……"同时还因为他看到了《亚密安》报上发表的一篇简讯，称德布科斯侯爵因涉及运河事件而被捕。

这无疑说明多布里克已经开始实施报复。

既然多布里克还有报复的能力，就说明侯爵没能从多布里克的办公桌上把名单拿走；就说明驻守在拉马丁街心公园附近的寓所里的布朗松警长和警察们严格执行了帕斯维尔的命令，也就是说水晶瓶塞还在原处。

水晶瓶塞还在原处，这说明多布里克不敢回家，或者健康欠佳，不能回家。也许他对藏东西的地方相当放心，觉得用不着劳神费力回家取走。

不管情况如何，这一点是毫无疑问的：必须行动，尽快行动，抢在多布里克之前把水晶瓶塞拿到手。

汽车一驶过布洛涅森林，来到拉马丁街心公园附近，亚森·罗宾就让医生停车。事先约好的格罗内尔和勒巴鲁走到他身边。

"梅尔吉夫人呢？"他问两人。

"她从昨天起就没回来。我们从她寄回的一封快信里得知，她发现多布里克从他表妹家出来，坐一辆汽车走了。她记下了汽车号码，会把调查的情况告诉我们。"

"后来呢？"

"后来就没了消息。"

"没别的情况吗？"

"有。《巴黎与南方报》报道，德布科斯侯爵昨夜在牢里用玻璃片割断静脉自杀，似乎留下一封长信，既是供认书，又是指控状。他承认自己犯的过错，但又指控多布里克将他逼死，还揭发了多布里克在运河案中扮演的角色。"

"就这些？"

"还有。同一家报纸还报道，根据种种可能，赦免委员会在审读了此案的材料之后，准备驳问吉尔贝和沃什勒的赦免要求。总统可能在星期五接见他俩的律师。"

亚森·罗宾一震。

他说："再也不能耽搁了。很明显，多布里克从第一天起就对这个破旧的司法机器进行了强有力的推进。断头台的铡刀就要在短短一周后落下来了。啊！多么可怜的吉尔贝，假如在他的律师后天带给共和国总统的档案中没有二十七人名单的话，可怜的吉尔贝就真的完了。"

"哎呀，哎呀，老板，你怎么也丧失信心了呢……"

"我！什么蠢话！过一个钟头，我就会拿到水晶瓶塞；过两个钟头，我就去见吉尔贝的律师。那时，这场噩梦就结束了。"

"那太好了，老板！这才像你做的事呢。还要我们在这儿等你吗？"

"不必了，你们先回旅馆。我待会儿到那儿去找你们。"

他们各自离去。罗宾直奔寓所而去，按一下门铃。

一个警察出来开门，认出了他："你是尼克尔先生？"

"对，我正是，"他说，"布朗松警长在吗？"

"在。"

"可以同他谈谈吗?"

警察把他领到多布里克的书房,警长热情地迎上前来。

"今天有幸与你见面真是高兴极了。尼克尔先生,我接到命令完全依照你的指令行事。"

"警长先生,这是什么原因?"

"因为事情有了变化。"

"事态十分严重吗?"

"十分严重。"

"快说吧。"

"多布里克回来了。"

"噢?真的?"罗宾叫了起来,"他在这里?"

"不,他早就走了。"

"那么,他回到这个办公室了吗?"

"是的。"

"到底是什么时候?"

"在今天清早。"

"那么你为什么没有阻止他呢?"

"我有什么权力阻止他呢?"

"那么你把他一个人留下了?"

"他毫不客气地让我们离开,我们就只好把他一个人留在那儿了。"

罗宾一下子变得面无血色。

多布里克把那个水晶瓶塞取走了。

他沉默良久,心里不住地念道:"他把水晶瓶塞取走了……老天啊!他怕别人来拿,先下手为强……我的天!这本来就是理所当然的……德布科斯被捕了。德布科斯既当了被告,又主动去控告了他,所以多布里克不会等闲视之,一定要进行自卫。然而,这场厮杀对他来说仍是非常艰难的。在这个令人迷惑的幽灵激荡了这么长的时间之后,公众终将知道,那个制造二十七人悲剧,并把他们搞得身败名裂、倾家荡产的魔鬼,原来是他——多布里克!而对这样的局面,要是那个护身符突然有个三长两短,不能再给他充当保护神了,那他将彻底完蛋!这时不拿,还要等到什么时候呢?"

罗宾尽力用镇定的口吻问道:"他在这里待了很久吗?"

"可能有二十秒钟。"

"什么!二十秒!就这么一眨眼工夫?"

"就这一眨眼工夫。"

"当时是几点钟?"

"十点。"

"他知道德布科斯侯爵自杀了吗?"

"可能。我看到他衣袋里有一张报道这条消息的《巴黎与南方报》号外。"

"果然不出所料……果然。"罗宾喃喃自语。

他搓着手问道:"多布里克可能再一次回来。对此,帕斯维尔先生没有给你们留下什么特殊指示吗?"

"没有。帕斯维尔先生不在,我还打电话请示了警察总署,正在等待答复。你知道,多布里克议员的失踪引起很大轰动。所以,只要他仍然失踪,我们守在这里在公众看来是说得过去的;可是,多布里克回来了,我们证实他没有被监禁,没有死,怎么能继续留在这屋里呢?"

"这些都无关紧要,"亚森·罗宾心不在焉地说,"房子有没有人看守都无关紧要!多布里克回来过,这就意味着瓶塞不在了。"

他还没说完这句话,就自然而然地想到一个问题:瓶塞被取走,能不能从某个迹象上看出来呢?瓶塞无疑藏在一件东西里,它被取走,就不会留下一点痕迹,一个空白?这事做起来很容易。因为从塞巴斯第的那句玩笑话,他已经知道水晶瓶塞就在桌上,所以他只要检查桌子就行了。另外,藏瓶塞的地方也不可能复杂,因为多布里克在这里只停留了二十秒钟,也就是一进一出的工夫。

罗宾往桌子上一扫,立刻就看出了蹊跷之处。桌子上的每件东西,他都清楚地记得它们的位置,因此无论少了哪一件东西,都会立即引起他的注意,仿佛只有这件东西才是这张桌子与其他桌子相区别的标志。

"噢!"他激动得发抖,"如此说来,一切都明白……一切一切……就连在死石堡受刑时的头一句招供!一切都清楚了!用不着再绞尽脑汁了,真相大白了。"

他没有心思回答警长的问话，只想着藏瓶塞的地方是那么简单。这使他想起了艾得嘉·普埃所写的一个动人故事，那是说一封信叫人偷走了，人们到处寻找不到，原来那封信就藏在大家的眼皮底下。这是因为人一般不大去注意那些露在外面的东西。

"好啊。"罗宾说着就向外走去，因为他的发现，他显得异常兴奋："在这次行动中，我最后还是不可避免地要遭遇到失败。我一切的成就，过不了多久就会被毁了。好不容易争取到了所有的一切，最终都会演变成灾难性的毁灭！"

但是，他并没有认输。其一，是因为他知道了多布里克藏水晶瓶塞的方法；其二，利用克拉瑞丝·梅尔吉的关系，他最终一定会知道多布里克藏东西的地方。剩下的，现在看来，都是一些简单得不能再简单的事了。

格罗内尔和勒巴鲁在富兰克林旅馆的门厅里等他。这是一家很小的旅馆，在特罗卡德洛附近。梅尔吉夫人还没有消息。

"不要急！"他说，"别担心她，不弄个一清二楚，她不会放松对他的跟踪。"

他们把这旅馆的主人叫来问："有没有尼克尔的电报或快信？"

"没有。"

"这倒怪了！欧杜兰夫人应该有信来才对。"

欧杜兰夫人是克拉瑞丝的化名。

"你提到这位夫人，我倒想起来了，她刚才来过一次。"

"什么？她已到这里来过了？"

"是的，比你来得早一点。那时候，刚巧二位都不在，她就留张字条走了，服务生没跟你们提过吗？"

罗宾急忙到克拉瑞丝房间里去。

房间的桌子上果然有一封信。

"瞧啊，信已经让人拆开了。"罗宾叫道，"这是怎么回事？而且好几个地方都被剪刀剪过。"

信中写道："多布里克本周一直住在中央旅馆。今天早晨他让人把行李搬到××车站，并用电话订购了一张去××的软席票。开车时间我不清楚，但我一下午都会守在车站。你们三人尽快到车站找我，准备逮捕他。"

"这是怎么回事?"勒巴鲁说,"在哪个车站?软席去什么地方?关键的地方恰好剪掉了。"

"是啊。"格罗内尔说,"每个地方都剪了两刀,把有用的字剪掉了。她一定是糊涂了!梅尔吉夫人难道失去了理智?"

亚森·罗宾没有动。他感到血一下涌到太阳穴,直发胀,就把两只拳头使出全身力气按在上面。他又开始发烧了,滚烫滚烫,来势汹汹。他以极大的毅力同伤病这个阴险的敌人搏斗。他必须立即将它遏制住,如果他不想彻底完蛋的话。

他十分镇静地说:"多布里克来过这里。"

"多布里克?"

"难道能够假设是梅尔吉夫人剪掉这些字吗?多布里克来过了。梅尔吉夫人以为她在跟踪多布里克,其实自己被他监视了。"

"怎样监视?"

"肯定是通过那个仆人。他没有把梅尔吉夫人回旅馆的事告诉我们,却告诉了多布里克。他赶到这里,读了信,把关键字眼剪掉来嘲弄我们。"

"我们可以弄清楚的……问问那个……"

"有什么用!我们知道他已来过就够了,何必要了解他是怎么来的?"

他拿着那封信,翻来覆去地检查了好久,才抬头说:"走吧。"

"去哪里?"

"里昂车站。"

"你有把握?"

"跟多布里克打交道,我毫无把握。不过,照信的内容来看,我们只能在东站和里昂车站之间进行选择。我推测,多布里克的事务、兴趣以及健康状况,都可能驱使他去马赛和蔚蓝海岸,而不会去东部。"

亚森·罗宾和同伴离开富兰克林旅馆时,已经过了晚上七点。他们坐汽车疾速驶过巴黎市区,到了里昂车站。他们在车站里里外外找了几分钟,候车室、月台,都不见克拉瑞丝·梅尔吉的人影。

"但是……但是……"罗宾不住地说着,面对这样的情形他显得更为激动。"但是，如果多布里克预订了一个软席，那就只能是晚上的车。现在才晚上七点半钟啊！"

一列火车发动了，是晚上的一部特别快车。他们赶紧沿着通道向前跑去。一个人也没有，既没有看见梅尔吉夫人，也没有多布里克的影子。

正当他们三人准备离开通道的时候，在餐厅前面的一个搬运工拦住了他们："请问，几位先生当中有没有叫勒巴鲁的？"

"有，有，我就是。"亚森·罗宾回答，"快说……有什么事？"

"哦！是你，先生！那位夫人说你们可能是三个，也可能是两个……所以我搞不清楚……"

"可是，看在上帝分上，你快点说！哪个夫人？"

"一个在行李房旁边的人行道上等了一天的夫人……"

"还有呢？说呀！她坐火车走了吗？"

"是的，坐的是六点半的豪华车。车就要开了，她才决定让我带口信给你们……她还让我告诉你们，那位先生也在那趟车上，他们去蒙特卡洛。"

"啊！该死！"亚森·罗宾抱怨说，"要乘刚开的那趟快车就好了。现在只剩下夜班车了。它们开得太慢！我们耽搁了三个多钟头。"

时间似乎过得特别慢。他们买了车票，给富兰克林旅馆的老板打了电话，请他把信件转到蒙特卡洛，然后吃了晚饭，又看了报。到晚上九点半，火车终于摇摇晃晃开动了。

就这样，各种各样不利的情况交织在一起，在斗争最困难的时刻，罗宾不知所措、毫无目标地寻觅那个未知的地方，也不清楚怎么才能战胜敌人。这个敌人是他所有较量过的人中最可怕、最狡诈的敌人。而所有的这一切在吉尔贝和沃什勒要处极刑的四天或五天之内必须结束。

这一夜是艰难和痛苦的一夜。分析形势，罗宾觉得目前的形势将越发令人恐惧。无论从哪方面来看，所有的问题都不明朗，杂乱无章让人难以做出任何决策。

罗宾已经获悉了水晶瓶塞的秘密。但是，又怎知多布里克会不会改变，也许他已经改变了方法呢？又怎知二十七人名单还藏在水晶瓶塞里，而水晶瓶塞是否还在多布里克原来藏它的那件东西里呢？

还有一个困扰罗宾的因素是，克拉瑞丝·梅尔吉自以为在跟踪、监视多布里克，而实际上她却受到多布里克的监视，对方用一种既恶毒又巧妙的手段让她跟踪自己，并把她引到一个自己选择好的地方，使她别指望得到他人的帮助，得不到任何人的帮助。

啊！多布里克的诡计太明显了！难道亚森·罗宾不知道那个可怜女人有点动了心吗？难道他不知道克拉瑞丝觉得多布里克提议的卑鄙交易是可行的、可以接受的吗？格罗内尔和勒巴鲁向他非常肯定地证实了这一点。在这种情况下，他又怎样才能成功呢？在多布里克如此老谋深算、不可抗拒的引导下，事件的发展必然导致这样的结果：母亲为救儿子，只好牺牲自己，抛开顾虑、厌恶，甚至自己的贞节！

"啊！强盗！一旦让我抓住你，我会让你好看！说实话，如果到了这一天，我可是不愿意处在你的位置上。"亚森·罗宾气得咬牙切齿。

他在下午三点抵达蒙特卡洛车站，但是在月台上并没有看见克拉瑞丝，这使他们失望极了。他们等待着，但没有任何传信的人走过来。

罗宾向乘务组人员和查票员询问，他们都说并没有发现身体相貌特征与多布里克和克拉瑞丝相似的旅客。于是，他必须去搜寻这个公国的每一个旅馆和公寓，这又会耗费他们多少时间啊！

第二天晚上，罗宾得到确切的消息：多布里克和克拉瑞丝既不在蒙特卡洛，不在摩纳哥，不在埃尔角，不在图尔比，也不在马尔坦角。

"他们在哪儿?"亚森·罗宾说，气得发抖。

最后，到了星期六晚上，在邮局自行取信处，他见到一封富兰克林旅馆老板转来的电报，内容如下："他在戛纳下车，又去了圣雷莫。下榻在大使酒店。克拉瑞丝。"

发电报的时间是前一天。

"该死的！"罗宾骂道，"原来他们只是路过蒙特卡洛，咱们要是留一个人在车站监视就好了！我本来也想到了这一点，可是车站人多拥挤，我就……"

罗宾和他的同伴坐上了开往意大利的第一列列车。在正午时分，他们过了边境线。十二点四十分，他们到达圣雷莫车站。

不久他们就发现了一个搬运工，一条写着"大使酒店"的绸带系在他的鸭舌帽上，这个搬运工似乎要在旅客中寻找什么人。

罗宾走近他，问道："你是不是在找勒巴鲁先生？"

"对，勒巴鲁先生和另两位先生……"

"是替一位夫人传话，对吗？"

"对，梅尔吉夫人。"

"她住在你的旅馆里？"

"不，她根本就没下火车。她让我走近她乘坐的车厢，把你们三位先生的相貌特征告诉了我，并对我说：'请告诉他，我们将一直去意大利的热那亚……住在大陆旅馆。'"

"她是单独一个人吗？"

"是的。"

罗宾酬谢他并把他打发走了后，转过身来，对着他的同伴说道："今天是星期天。如果下星期一行刑，那就没什么可干了。不过，星期一不大可能……因此，今夜必须抓到多布里克，下星期一带名单去巴黎，这是最后的机会，我们得抓住才行。"

格罗内尔到售票处买了三张去热那亚的火车票。

火车拉响了汽笛，亚森·罗宾临到最后突然犹豫起来。

"不，确实，这太愚蠢了！什么？我们这是干什么呀？我们应当留在巴黎！唉……唉……想一想……"

他正要打开车门往外跳……两个同伴把他拉住了。火车已经开动，他只好坐下来。

他们就这样没头没脑地追赶，漫无目标，胡奔乱跑……再有两天，吉尔贝和沃什勒就不可避免地要被处决了！

十、烟丝中的秘密

在环绕尼斯城的美丽山岗上，在芒特加和圣西尔韦斯特两条山谷之间，有一座巨大的旅馆巍峨耸立着，从旅馆中可以凭栏远眺尼斯城的全貌，昂热港尽入眼底。旅馆中挤满了来自世界各地的游客，这里可以说是多阶层、多民族的聚集地。

星期六，就在罗宾、格罗内尔和勒巴鲁进入意大利国境的当天晚上，克拉瑞丝来到了这家旅馆。她要了一间朝南的房间，特意选中了三层的130号，这个房间从早晨起就已经腾空，130号与129号之间隔了一道双重门。克拉瑞丝待旅馆人员离开，立即拉开遮住第一道门的帘子，拉开门闩，打开门，把耳朵贴在第二道门上听着。

"他就在里面，"她心里想道，"……正在换衣服，准备去俱乐部，同昨天一样。"

等到她的邻居出门之后，她来到走廊里，趁左右没人，走到129号房间门前，门是锁着的。

她整个晚上都在等候隔壁邻居的归来，一直等到深夜两点。

星期天一早，她又侧耳倾听隔壁房间里的动静。十一点，那位邻居又出去了，这一次他把钥匙留在过道那边的门上。克拉瑞丝匆匆开了门，果断地走进去，走到两房之间的那道门前，扯起门帘，抽出门闩，又回到自己房间里。几分钟后，她听到两个女仆在整理隔壁房间。

她耐着性子等到她们出去，确信自己不会受到打扰，就又溜了进去。她十分激动，不得不靠在一把扶手椅上，定定神。经过了多少日夜的追踪，经受了希望和失望的轮番交替，她终于来到多布里克的房间，终于可以仔细搜查一番了。即便找不到水晶瓶塞，她也可以藏在两道门中间，躲在门帘后面，观察多布里克的行为，暗中截取他的秘密。

她在各个角落搜寻，有一个旅行袋引起了她的注意，她把它打开了，可是没发现水晶瓶塞。

她又把一只大衣箱的各个格子和一个手提箱的各个夹层翻了一通，还搜了衣柜、书桌，浴室、挂钟以及所有的桌子家具，但什么也没找到。

她看到阳台上有一团纸，好像是偶然扔到那里的，不由得浑身一战。

"这莫非是多布里克的诡计？"克拉瑞丝想，"这张纸上有没有……"

"别打开。"她正要拉阳台落地窗上的长插销时，身后有个声音说。她转过身，看见了多布里克。

对多布里克的出现，她丝毫也不感觉惊奇，不觉得害怕，甚至也不感到拘束。数个月来她历尽艰辛和折磨，现在自己又当场被捉，不管多布里克怎样处置，她全都不在乎了。

她无力地坐下来。

他嘲弄地说："不对，你还是没找对，我的朋友。用孩子们的话来说，你还没有猜中，还差得远呢！而这又是那么轻而易举！想让我帮你一下吗？真见鬼，亲爱的朋友，就在你身旁的这个小桌上……噢！这个小圆桌上只有些不值一提的东西……看的、写的、喝的、吃的，就只有这些东西了……你想来点蜜饯吗？我想你肯定会喜欢我为你准备一顿丰富的午餐吧？"

克拉瑞丝没有回答，好像并没有听见他说了些什么，看上去她正在等待着更加残忍的话，他早晚都会说的。

他把圆桌上堆满的东西统统拿到壁炉上去，然后按铃。一个侍从领班走了进来。

多布里克对他说："我订的午饭准备好了吗？"

"好了，先生。"

"是两套餐具吗？"

"是的，先生。"

"有香槟酒吗？"

"有，先生。"

"是干香槟吗?"

"是,先生。"

这时,另一个侍者端着托盘走进来,果然在桌上摆了两套餐具。外加冷碟和水果,在一小桶冰块中,插放着一瓶香槟酒。

布置完餐桌,两个侍者都退了出去。

"请用餐,亲爱的朋友。你看,我早就想着你了,所以把你的餐具都准备好了。"

他似乎根本没有注意到克拉瑞丝的藐视,坐下来拿起刀叉,自顾自地说道:"说实话,我始终希望你会同意咱们坐下来进行一次这样的单独面谈的。我看,有一个星期了,你一直这么殷切地关注我。我心里就念叨:'呃,她喜欢喝点什么呢?甜香槟?白香槟,还是干香槟?'真的,我拿不定主意。自从你离开巴黎后,我就不知你的去向,可以说,我很担心你失去了我的线索,从而放弃对我的跟踪,而你的跟踪是很让我快慰的。每当独自散步时,我心里总是想着你,想着你那双在灰发下闪烁着仇恨光芒的黑眼睛。然而,今天早晨我放心了,我隔壁房间的人搬走了,我的朋友克拉瑞丝可以住进来了……就睡在……怎么说呢?就睡在我的枕边不远。从这时起,我心里就踏实了。回旅馆的路上,我就估摸会碰上你,你会按自己的特殊爱好,随便翻翻我的东西,因此我就一反往常的习惯,没去餐厅用饭,而是订了两份……一份给忠于你的仆人。另一份给他的漂亮女友。"

她现在不仅听他说话,而且怀着极大的恐惧!这么说,多布里克早就知道自己被跟踪!这么说,一星期来,他一直在愚弄她,在操纵她的一切活动!

她的眼神惶恐不安,低声说道:"你故意这样安排的,对吗?你出门就只是为了引我出来,对吗?"

"的确如此。"他回答。

"但是你这样做是为了什么?为什么呢?"

"亲爱的朋友,你问我为什么?"多布里克咯咯地笑道。

她从椅子上站起来,弯腰看着他,又如同每次在他身边时那样,想杀他。她有勇气这样做,而且马上就要这样做了。只需一枪,这个可恶的脑袋就会四分五裂。

她慢慢把手伸进衬衫里，握住藏在怀中的手枪。

这时，多布里克开口了："亲爱的朋友，你等一秒钟再开枪，我刚刚收到这封电报，恳求你读一读。"

她犹豫了，不知道他又设下了什么陷阱。

只见他从衣袋里掏出一张蓝纸，说："与你的儿子有关。"

"吉尔贝？"她惊慌地问。

"对，吉尔贝……拿去看吧。"

她发出一声恐怖的叫喊。电文如下："周二行刑。"

她号叫着，立即向多布里克扑过去：

"这不是真的！这是假电报……是为了吓我……啊！我了解你……你是什么都干得出来的！快说实话吧！不是星期二，对吗？只有两天了！不，不……我跟你说，还有四天，甚至五天可以救他……你说实话呀！"

她悲愤欲绝，提不起一丝气，浑身无力，嗓子里只能发出含糊不清的声音。

他观察她片刻，斟了一杯香槟酒，一饮而尽，接着在房间里踱了几步，来到她身边，说道："请你听我说，克拉瑞丝……"

他居然对她称呼"你"，这种放肆的口吻气得她浑身发抖。她怒气冲冲地站起身，上气不接下气地说："我不允许你……我不允许你用这种语气同我讲话。这是对我的侮辱，我绝不能容忍……噢！流氓！"

他耸了耸肩，说道："哟，我看你还没有完全清醒，大概对别人的援助抱着希望。大概还在指望帕斯维尔吧？那出色的帕斯维尔！你是他的左右手……好朋友，你找错了人。你知道，帕斯维尔也在运河事件中有染！不是直接的……也就是说他的名字并不在二十七人名单上面。但是名单中有他的一个朋友，前议员沃朗格拉德的名字。看来，斯塔尼斯·沃朗格拉德是帕斯维尔的傀儡。这是个可怜鬼，我没有惊动他，因此就不知这一层内情。今早有人写信给我，告诉我有一包文件可以证明帕斯维尔在运河事件中有染。给我写信的是谁？是沃朗格拉德本人！他过厌了穷日子，想敲帕斯维尔一竹杠，便冒被捕的危险，只求与我合作。这一来帕斯维尔要丢饭碗了！啊哈！这封信对我来说真是个天大的好消息……他就要完蛋了，我可以向你保证。无疑！我已经厌恶他很长一段日子啦！啊！帕斯维尔老兄，你别想偷到那东西了……"

他搓着手，为这场即将开始的报复高兴。接着，他又说："你看，克拉瑞丝……他那边，你别指望了。那么，你还抓着哪根草呢？不过我忘了！还有亚森·罗宾先生！还有格罗内尔、勒巴鲁！说实话，你必须承认这几位先生实在不怎么高明，他们虽然英勇顽强，但也没能迫使我这个卑微小人放弃实现自己的计划。这就不能怪我了！这几个人自命不凡，自以为天下无敌，所以，他们碰上我这样一个无所畏惧的人，就全露馅儿了。他们干的蠢事一桩接一桩，还自以为在施行什么妙计把我打败呢！其实不过是一群乳臭未干的娃娃！不过，既然你对这个罗宾还抱有幻想，还指望这个可怜的穷光蛋来打败我，想要创造某种奇迹拯救无辜的吉尔贝，那么好吧，你就继续等着罗宾吧！罗宾！噢！我的上帝，你竟然信任罗宾！你竟然把罗宾当作是你最后希望的寄托者！罗宾！很快我就会让你这个有名的丑角现出原形。"

他拿起电话听筒，接通了旅馆总机，说道："小姐，这是 129 号房间。在你办公室对面坐着的那个人，你能叫他上来吗？喂？是的，小姐，是一位戴着一顶灰色软帽的先生。他知道……太感谢你了，小姐。"

他挂上电话，转过身来对克拉瑞丝说道："这位先生非常谨慎，你不用担心。而且，他的座右铭是：'迅速和谨慎'。他曾经是一个警探，并已为我效劳过多次，其中有一次就是在你跟踪我的时候跟踪你。而从我们抵达南方以来，他由于另有公事在身，所以对你的关照比较少了。"

"请进，雅各布。"一个身材瘦小、蓄着红棕色胡髭的人走进来。"雅各布，把你星期三晚上以来的活动，简要地向这位夫人做个汇报。那天，你在里昂车站看她上了我乘的开往南方的豪华列车，你留在月台上。当然，我只要你谈谈与这位夫人有关、也与我交给你任务有关的情况。"

雅各布先生从外套内袋掏出一个小本子，翻开，用读报告的口气念起来："星期三晚。七点一刻，里昂车站。我等待格罗内尔先生和勒巴鲁先生。他们俩跟另一位我不认识的先生一起来了，他肯定就是尼克尔先生了。我花十法郎向一个搬运工借来工作服和工作帽，然后走上前去，对这几位先生说有一位太太让我转告他们，说她去蒙特卡洛了。在那以后，我就打电话通知富兰克林旅馆的那个仆人，凡是寄给旅馆老板和由老板向外转出的电报，都务必过目，必要的话将它们扣留下来。

"星期四。蒙特卡洛。三位先生查访了所有旅馆。

"星期五。快速游览了图尔比、埃尔角和马尔坦角。多布里克先生打来电话，认为把那几位先生打发到意大利更为谨慎。于是，我让富兰克林旅馆的仆人打电报让他们去圣雷莫。

"星期六。圣雷莫，车站月台上。我花十法郎向大使酒店的门房借来一顶帽子。三位先生下车后，我走上前，说一位叫梅尔吉夫人的旅客留话说，她去热那亚，在大陆旅馆。那些先生有些迟疑，尼克尔先生打算下车，另两人把他拦住了，之后火车便启动了。先生们，祝你们走运。一小时之后，我又乘上返回法国的火车，在尼斯下车，等待新的命令。"

雅各布先生合上了他的小本子，概括地说："就是这些了。今天日间的活动要等到今晚才能记下。"

"你现在就可以记，雅各布先生：'中午，多布里克先生派我去售票处，订了两张去巴黎的软席票，两点四十八分开车。我把车票用快递寄给多布里克先生，然后乘十二点五十八分的火车去边境车站万蒂米伊，在那里监视入境旅客。如果尼克尔、格罗内尔和勒巴鲁先生离开意大利，经尼斯返回巴黎，我就打电报通知警察总署，说亚森·罗宾与同伙乘某次列车……'"

说到这里，多布里克把雅各布先生送到门口，重新关上门，上好锁，并插上门闩，然后他走近克拉瑞丝对她说："克拉瑞丝，你现在听我说……"

这一次，她再也无力抗议了。面对一个如此强大、狡猾、洞察一切、易如反掌地击败所有对手的敌人，她一个孤身女人还能做些什么呢？如果说她刚才还把希望全部寄托在罗宾身上的话，那么此刻她得知他们正在意大利打转转时，还能指望罗宾干些什么呢？

直到这会儿，她才终于弄清了为什么自己发到富兰克林旅馆的三封电报均无回复。原来是多布里克在暗中监视着她，逐渐把她孤立起来，把她跟同伴们隔离开，并一步步地把她降服，成为他的俘虏，最终把她引诱到这间屋子里来。

她感到自己极端柔弱无助，只能听凭这个恶棍的摆布了，她无话可说，只能听天由命。

这时多布里克又幸灾乐祸地重复说道："克拉瑞丝，你听我说，我马上要告诉你的这些是不容更改的，你好好听着。现在是十二点，噢，两点四十八分将会有最后一班火车，你听清楚了，最后一班火车，那么明天也就是星期一，我将抵达巴黎，这样我就来得及拯救你的儿子。高级列车全满了，所以我不得不在两点四十八分出发……我应该启程吗？"

"是的。"

"我已经订好了我俩的软席，你要陪我去吗？"

"是的。"

"你清楚我做这件事的条件吗？"

"是的。"

"你同意吗？"

"是的。"

"你将成为我的妻子了？"

"是的。"

天哪！多么可怕的回答啊！这个不幸的女人已经彻底绝望，她回答这些问题时神情显得极度的麻木，她不敢去想自己答应了些什么。让他去吧，让他先把吉尔贝从断头台上救下来，摆脱那日夜折磨着她的血淋淋的噩梦……至于以后，听天由命吧……

他却狂笑起来："啊，狡猾的女人！瞧你答应得多么爽快啊……你准备接受一切条件吗？噢，最要紧的是救出吉尔贝，对不对？然后，那个天真的多布里克向你送上订婚戒指时，你就回绝他，把他嘲弄一番。算了，还是少说废话吧！我不要你许那靠不住的诺言，我就要事实，马上兑现的事实。"

他坐到她身边，明确地说："下面就是我的提议……事情应该是这样……将会是这样办……我将请求的，确切地说我将要求的，不是赦免，只是缓期。缓期执行，至于用什么借口缓期，这跟我无关。缓期三四个星期。等到梅尔吉夫人成为多布里克夫人，到那个时候，我才会去要求赦免，也就是撤销原判。你放心，他们会同意我的要求。"

她结结巴巴地说："我接受……我接受……"

他又笑了："是的，你接受，因为一个月之后才会发生我所说的这一切，而在这以前，你还可以再去寻找某种诡计、寻求某种援助……例如亚森·罗宾先生……"

"我用我儿子的脑袋担保……"

"你儿子的脑袋！但是，我可怜的小宝贝，为了保住你儿子的脑袋，你得遭报应……"

"噢，是的！"她浑身颤抖地低声说，"为了他，我心甘情愿出卖自己的灵魂！"

他靠近她，轻轻地说："克拉瑞丝。我需要的不是你的灵魂……二十多年来，我的整个生命都被这种欲火燃烧着。我只钟情你一个女人……你恨我……讨厌我……这些我都不在乎……但你不能摈弃我……要我等到何时？要我再等上一个月？噢，不，克拉瑞丝，我等待的时间实在太长了……"

他放开胆去摸她的手。克拉瑞丝掩饰不住对他的厌恶，他不禁发起火来，大声叫道："啊！美人儿，我向上帝发誓，刽子手捉你儿子的手时，不会这样温和的……你还在我面前装规矩女人！你想想吧，四十个钟头以后就要发生的事！四十个钟头，一分钟也不会多。而你还在犹豫！还顾虑这顾虑那，事关你儿子的生命啊！好了，别再哭了，别再愚蠢地多愁善感了……还是正视现实吧！照你发的誓，你会做我妻子，现在就是我的未婚妻了……克拉瑞丝，克拉瑞丝，把嘴唇给我……"

她伸出手，还想阻止他，可她的手是那样软弱无力。多布里克则毫不掩饰地、厚颜无耻地说下去，他的话充满了野兽般的残忍和欲望："救你儿子吧，想想在最后一天早上，临刑前的盥洗，要把衬衫领口剪开，要把头发剪掉……克拉瑞丝，克拉瑞丝，我会救他的……你放心……我整个生命都属于你……克拉瑞丝。"

她停止了反抗，一切都结束了，这个卑鄙无耻的男人的嘴唇就要碰到她的嘴唇了。她不想再抗拒了，看来只能这样，无法避开了。她的义务就是服从命运的安排，长久以来对此她就有所领会，此刻她越加清楚了。于是，面对着在她眼前的这张无耻的脸，她能做的只是闭上眼睛不去看它，并且还不停地叨念着："我的儿子，我可怜的儿子……"

但是，几秒钟过去，十秒，或许是二十秒，多布里克没有一点动静，也没有再开口说话。周围充斥着令人窒息的寂静，这突如其来的寂静，使她感到十分诧异：难道在这最后一刻，这个魔鬼良心发现啦？

她睁开了眼睛，但立刻被映入眼帘的情景吓得目瞪口呆。在她眼前的并不是那副无耻下流、装模作样的嘴脸，而是一张凝滞的、由于极端恐惧而扭曲变形的、简直认不出来的脸，而那双藏在双层眼镜下的眼睛正朝她的上方望去，朝她正垂头丧气坐着的那个扶手椅上方望去。

克拉瑞丝转过身，发现扶手椅右上方有两支枪管对准多布里克。她只看到这点：两只大手握着两支可怕的大号手枪。她只看到这点，还有多布里克由于恐惧而慢慢失去血色，最后变得煞白的脸。几乎与此同时，一个人窜到多布里克身后，突然冒出来，伸出手臂勒住他的脖子，猛地将他打翻在地，把一团棉花捂在他脸上，立即散发出一股氯仿气味。

克拉瑞丝认出是尼克尔先生。"帮帮我，格罗内尔！"他喊道，"来帮我，勒巴鲁！把手枪放下吧！我把他逮住了。他现在成了一堆破棉絮……把他绑起来！"

多布里克果然像断线的木偶一般，弯下腰跪了下去。由于麻醉剂的作用，这头猛兽倒在地上，失去了攻击力，样子十分可笑。格罗内尔和勒巴鲁把他裹在一床床单里，扎扎实实的绑起来。

"行了！行了！"亚森·罗宾跳起来叫道。

他心头一阵欣喜，在房间里乱跳起快步舞来，里面夹杂着康康舞和玛琪希舞的扭摆，做礼拜时伊斯兰教托钵僧的旋转，小丑表演以及醉鬼的跌跌撞撞。他像在杂耍歌舞剧场报幕一样说："囚犯舞……俘虏舞……在民众代表尸体上的奇幻舞！氯仿波尔卡！战败双重眼镜波士顿舞！好哇！好哇！敲诈大师西班牙舞！下面是奥地利蒂罗尔舞。来！来！来！啦！啦！啦！前进，祖国的儿女们！蓬嚓嚓，蓬嚓嚓……"

他原本的顽皮和乐天的劲儿，几个月来被焦虑不安和连遭挫折压抑着，如今却像火山一样爆发出来。他放声大笑，激动万分，像孩子般的喧闹地表达自己的喜悦。

他最后跳了两下之后，又在房间里转来转去地翻筋斗。然后，他又双手叉腰，一只脚踏在多布里克一动不动的躯体上。

"真是一幅美妙的图画，"他说道："善良的天使终于战胜了邪恶的毒蛇！"

特别滑稽的是，罗宾依然是尼克尔先生的打扮，脸上化了妆，身上穿着辅导教师的紧身衣，古板的垫肩。

梅尔吉夫人脸上掠过一丝苦笑，这几个月来她脸上第一次有了笑容。但她很快又回到可怕的现实中，恳求道。

"求求你……还是先想想吉尔贝吧！"

他跪到她面前，两只胳膊搂住她，一阵自发的冲动，使他在她的两颊上响亮地吻了两下，样子是那么天真，使她也只能笑笑。

"喂，夫人，这可是一个正派人的吻。吻你的可不是多布里克，而是我……再说一句话，我就又要吻了。而且我要以'你'相称……你要是生气随你便……啊！我真高兴啊！"

他一条腿跪在她面前，恭恭敬敬地说："请原谅，夫人。现在胡闹结束了。"

于是，他站了起来，继续开着玩笑。但克拉瑞丝心里却想：他到底准备怎么做呢？这时，只听他说道："你希望什么？夫人。也许是儿子的赦免吧？我猜对啦！夫人，我非常荣幸地赦免你的儿子，将其减刑为终生劳役，而最终结果当然是逃跑了。我们已经商量好了，是吧。格罗内尔？是吧，勒巴鲁？咱们要赶在吉尔贝之前动身去鲁梅阿，提前做好一切准备。噢！尊敬的多布里克先生，我们真要万分感激你呢！这样报答你实在有点委屈你了。不过你要承认，你已经为所欲为地获取太多了。怎么！称这位能干的罗宾先生为'乳臭未干的小子''可怜的穷光蛋''有名的丑角'，这可都是我在你的门口亲耳听到的！你瞧，我倒觉得这个有名的丑角干得还挺好嘛，可是你，你这个人民代表现在可得坐立不安啦……哎哟，这是什么样的表情啊！什么？你想要什么？一颗糖块？不是？那可能是最后一斗烟吧？好的，没问题！"

他从壁炉上那堆烟斗中拿了一支，弯腰取出堵在多布里克嘴里的东西，把琥珀烟嘴塞到他的两排牙之间。

"吸吧，老朋友，吸吧。真的，你这模样多滑稽，鼻子上堆着破布团，嘴里叼烟斗。喂，吸吧。见鬼，瞧，我忘了装烟丝了！烟丝在哪里？你最喜欢的马里兰烟丝呢？啊，在这儿……"他从壁炉上抓起一个没开的黄包，撕掉封条。

"这就是先生的烟！注意！这是个庄严的时刻。我为先生装烟斗，啊！何等荣幸！请大家注意我的动作！我的手里没有东西，衣袋里没有东西……"

他打开烟丝盒，然后在观众诧异的目光注视下，好像魔术师在变戏法一样，嘴上含着微笑，卷起袖口，弯着手臂，用食指和拇指缓缓地、轻轻地从烟丝里抽出一件发光的东西，呈现在现场观众的面前。

克拉瑞丝叫了声："水晶瓶塞！"

她向罗宾冲去，从他手里夺过瓶塞。

"不错！就是它！"她大喊大叫，激动得发疯，"这只瓶塞颈上没有划痕！另外，你们看，中间这条线刚好在金色的晶体盖子下端中断了……就是它，这个金色的盖子可以拧开……啊！上帝啊！我一点力气都没有了……"

她的手抖得厉害。亚森·罗宾只好把瓶塞拿过来旋开，瓶塞的头部是空的，里面放着一个小纸球。

"一张薄纸。"他轻声说，也很激动，两手直发抖。房间里一片寂静，四个人都觉得心脏快停止跳动了，都怕看到下面的情节。

"我求求你……我求求你……"克拉瑞丝语无伦次地说着。

亚森·罗宾展开纸团。

上面一个接一个写着人名，一共二十七个，果然是那张著名的名单。朗热鲁、德舒蒙、沃朗格拉德、德布科斯、勒巴克、维克多里安·梅尔吉等。最下面是两个法国运河管理委员会董事长的血红的签名……

罗宾看了看手表，说道："一点差一刻，我们还有整整二十分钟……去吃饭吧。"

克拉瑞丝已经心慌意乱："可是，别忘记……"

"我快要饿死了。"他说。并在小桌前坐下，切开一大块肉馅饼，然后对他的朋友们说道："格罗内尔！勒巴鲁！快吃吧！"

"非常高兴，老板。"

"不过，吃快点，孩子们。饭菜之外，再加一杯香槟酒，反正是由被麻醉的先生付账。为你的健康干杯，多布里克！你想喝点什么？白香槟，还是来杯干香槟？"

十一、洛林十字

吃完饭之后，罗宾立即恢复了自制力和威严。既然他已经从他所料想的地方找到了水晶瓶塞，也拿到了二十七人名单，那么现在已经不再是开玩笑的时刻了，不应该总是以戏剧性的变化和魔法来博取一鸣惊人的效果，从而使自己感到满足。现在所面临的问题就是毫不犹豫地结束这场游戏。

当然，剩下的事情就跟儿童游戏一样容易。尽管如此，他还是应当迅速、果断、敏锐地办好。稍一失误，就会酿出大祸，无可挽回，这一点他很明白。他脑子格外清醒，把各种可能发生的情况都考虑到了，把要做的每一个动作，要说的每一句话，都反复斟酌、思量，准备好了。

"格罗内尔，咱们雇的那个人连同他的车，还在冈珀达街等着呢！咱们买的那只大箱子还在车上放着，你去把那个人领到这里来，叫他把箱子抬上来。碰到旅馆里的人问你，你就说是给 130 号房间这位夫人买的送来的。"

然后，他又吩咐另外一个同伴："勒巴鲁，你去停车场叫那辆六座轿车，价钱已经谈好了，一千法郎。再去买一顶司机的帽子和工作服，把车开到大门口。"

"钱呢，老板？"

亚森·罗宾从多布里克的衣袋里掏出钱夹，抽出一大沓钞票，点了十张，说："这是一千法郎，看来我们这位朋友在俱乐部赢了不少。快去吧，勒巴鲁。"

两个人从克拉瑞丝的房间走出去。亚森·罗宾趁克拉瑞丝·梅尔吉没看他，急忙把钱夹塞进自己口袋，十分满意。

"事情不太坏，"他想，"除去所有费用我还挣了一大笔。而且，还没完。"

他转向克拉瑞丝·梅尔吉，问道："你还有什么行李吗？"

"有。我来尼斯后，买了一个手提包，外加几件衣服梳洗用具。我离开巴黎很仓促。"

"去做好准备，然后下楼到总台，说你在等人从行李寄存处给你送一只大箱子来，要搬到房间重新整理，然后告诉他们你要动身了。"

等到他们都走了，他便仔细地打量多布里克，又搜查了他的全部口袋，把有点意思的东西全塞进自己口袋。

格罗内尔带着一只硕大的仿皮漆布柳条箱回来了，他把箱子弄到克拉瑞丝的房间。罗宾和克拉瑞丝、格罗内尔一道，把多布里克抬起来放进箱子，把他摆成坐姿，低着头，然后把箱子盖上。

"这里比不上坐软席包厢那样舒服，亲爱的议员先生，可总比躺在棺材里舒服些！箱子每一面都有三个洞眼，好给你足够的空气。"

然后他拔掉一个小瓶的塞子说："还想再来点氯仿吗？你似乎很喜欢这个……"

罗宾再一次把麻醉面罩浸透了，而克拉瑞丝和格罗内尔则按照罗宾的嘱咐把衣服、旅行用的被子和坐垫塞进箱子里，使议员能在里面坐稳，这些东西是为了以防万一老早就堆放在箱子里的。

"太好了！"罗宾说："这件行李将伴随着我们周游世界，让我们把它关上、扣紧。"

勒巴鲁穿着司机服装回来了。他禀告道："老板，汽车已经停在下面了。"

"好的。"罗宾说，"你们俩把箱子抬下楼去，千万不要把它交给旅馆服务员，那是非常危险的。"

"可我们要是遇见了他们呢？"

"怎么？难道你不是司机吗？勒巴鲁，你抬的是130号房间的夫人、你的女主人的箱子，她也一同下楼去乘自己的汽车……她在二百米处等我。格罗内尔，你帮他装车。啊！离开前把这隔墙门关好吧。"

亚森·罗宾走进多布里克的房间，关上隔墙门，插上门闩，然后走出去，进了电梯。

到了总台，他通知他们："多布里克先生有急事去了蒙特卡洛，他让我转告你们，他后天才能回来。房间给他留着，他的东西还在里面。这是他的钥匙。"

他不慌不忙地走了出去，找到汽车。克拉瑞丝正在抱怨："明早到不了巴黎！这真是发疯！只要一抛锚……"

"因此，"罗宾说，"你和我，我俩坐火车去……这样会更有保障……"

他把克拉瑞丝请上一辆出租马车，接着对另外两个伙伴做最后的吩咐："平均一小时五十公里，怎么样？你们俩轮流开车，这样你们才有可能在明天晚上也就是星期一晚上六七点钟到达巴黎。你们也不必开得过快。我留着多布里克，并不是因为他对我们的计划还能派上什么用处。而是要留作人质……以防万一需要时……我要留他在手里两三天。所以，你们务必好好照顾咱们这位尊敬的先生……每隔三四小时就给他来点氯仿，他喜欢这东西。开车吧，勒巴鲁……你呢，多布里克，你在里面也不要太气恼，箱子很结实……如果你晕车，尽管吐好了……开车吧，勒巴鲁！"

他看着汽车越开越远，然后走进了一家邮局，拟了一份电报，内容如下：

巴黎，警察局，帕斯维尔先生：

人找到。明早十一点带给你文件。

克拉瑞丝。急电。

两点半，克拉瑞丝和罗宾抵达车站。克拉瑞丝对一切都感到惶惶不安，不由说道："但愿能找着个座！"

"岂止座位！我们的软席都已经订好了。"

"谁订的？"

"雅各布……多布里克。"

"怎么可能呢？"

"哦……在旅馆办公室，人家交给我一封寄给多布里克的快信，里面装着雅各布寄来的两张软席车票，而且我还拿到了议员证。咱们现在是以多布里克先生夫妇的身份旅行，别人会对咱们毕恭毕敬。你看，亲爱的夫人，一切都满意吧？"

罗宾感到这次的路程很短。在他的询问之下，克拉瑞丝向他讲述了最近几天里她所做的事。而罗宾自己也叙述了他是如何奇迹般地闯入多布里克的房间，而他的对手还自以为是，以为他还在意大利呢。

"奇迹？不是的。"他说，"然而当我离开圣雷莫去热那亚时，一种特殊的感觉，一种神秘的直觉，先是促使我想跳下火车，被勒巴鲁拦住后又促使我冲到车门口，放下车窗，注视那个传口信的大使酒店看门人。那时那家伙正在得意地搓手。单凭这一点，我就恍然大悟：上当了。我上了多布里克的当，你也上了他的当。于是，一大堆细节在我的脑海里涌出来。我完全明白了敌人的计划，再拖延一分钟，败局就无法挽回。我承认，有一阵，当我想到自己铸成大错，不可挽回时，真是绝望极了。一切都取决于火车到达期间，我能不能在圣莱库车站再次找到多布里克的那个密使。这一回运气总算不错，火车在下一站一停，正好有一辆开往法国的列车进站。等我们换乘这趟火车到达圣雷莫时，那家伙还站在那里。我完全估计对了，他头上果然没有了那顶搬运工的帽子，身上也没有了那件搬运工的工作服，而是换了一顶便帽和一件短上衣。他上了二等车厢，对我们来说，只是从这时起，才算胜券在握了。"

"可你究竟是怎样……"克拉瑞丝问道。她虽然心神不宁，可还是被罗宾的叙述深深地吸引住了。

"怎样到了你身边，对吗？噢，上帝！我紧紧跟踪着雅各布先生，同时又不干扰他的自由行动，我确定他在完成使命之后一定会向多布里克汇报。事实也的确如此，他在尼斯的一个小旅馆里住了一夜，今天早晨就在莫格兰林荫道和多布里克碰了面。他们谈了很久，我一直紧紧地跟在后面。多布里克回到旅馆，把雅各布安置在一层电话室对面的一条通道里，然后登上电梯。十分钟以后，我就知道了他的房间号，还知道从昨晚上起隔壁130号房间里就住进了一位夫人。'我觉得我们总算找到了。'我对格罗内尔和勒巴鲁说道。我轻轻敲你的门，没有回答。门是锁上的。"

"那怎么办?"克拉瑞丝问。

"怎么办? 我们当然是把门打开了。难道你以为世界上一把钥匙只能开一个锁? 我进入到你的房间,里面空无一人,可是隔墙门却虚掩着,我从那里溜了进去。这一来,在我和你、多布里克以及壁炉上那包烟丝之间,只隔一道门帘。"

"这么说,你早知道瓶塞藏在什么地方?"

"我搜查多布里克书房时发现这包烟丝不见了。另外……"

"什么?"

"还有,在多布里克被关押时的供词中,'玛丽'两字是全部的谜底。而'玛丽'两字实际上不过是另一个词的两个音节,这是我在发现烟丝不见以后才意识到的。"

"另外一个词是什么呢?"

"马里兰……马里兰烟丝。多布里克只抽这种烟丝。"

罗宾说着,笑了起来:"咱们大家都被愚弄了,你说对吧? 多布里克也真狡猾,害得咱们到处乱找乱翻! 我居然还拧开了所有的灯泡,看里面是不是藏着一个瓶塞! 但我无论如何也没想到,任何一个人,不论他有多么敏锐的眼光,都不可能想到去撕开一包马里兰烟丝的封口。况且这还是经过了间接税务局的检验,由国家把封口贴住,粘好,并粘上印花、注上日期的。你想一想,国家怎么可能会参与这种无耻的勾当。间接税务局怎么可能会容忍这种阴谋? 不可能! 绝对不可能! 烟草专卖局可能会弄错,可能会生产出点不燃的火柴和掺杂着柴棍的香烟。但因此就说烟草专卖局和多布里克同谋,从而避免二十七人名单引起政府总理的好奇心和亚森·罗宾的攻击,那可真是太糟糕了! 你看,只要像多布里克那样,轻轻按住这条封带,让它松开,揭下来,把黄纸拆开,分开烟丝,就可以把瓶塞放进去了,然后再按原样封好。在巴黎时,只要把这包烟丝拿在手里端详端详,就会发现秘密。可是这包烟丝本身,这包由国家和间接税务局生产许可的马里兰烟丝是神圣不可触碰的,不容怀疑! 所以没有一个人想到要打开看看。"

亚森·罗宾又说:"多布里克这个恶魔把这包烟丝,连他的烟斗和其他没开包的烟丝,就这样在桌子上摊了好几个月。没有一个人会怀疑这样一个安全的、小小的立方体，哪怕只是最基本的一丁点怀疑！另外，我请你留意……”

罗宾滔滔不绝地谈论着他对那包马里兰烟丝和水晶瓶塞的见解，但克拉瑞丝却心不在焉，她只想着自己的事，因为相对于救她的儿子的行动和她的关系而言，这些问题和她关系是差远了。

“你确定你能成功吗？”她不时重复着这句话。

“绝对肯定。”

“但是帕斯维尔不在巴黎。”

“我昨天从一张报纸上看到，他不在巴黎的话，就在勒阿弗尔。无论如何，只要我们给他拍电报，他立即会赶回巴黎。”

“你认为他能造成相当的影响吗？”

“他凭个人的力量，要求赦免沃什勒和吉尔贝，那是做不到的。不然，我们早就让他做了。不过，他相当聪明，会明白我们带给他的这件东西的价值……因此会毫不迟疑地采取行动。”

“但是你是否过高估计了它的价值呢？”

“多布里克过高估计了没有？多布里克不比任何人都了解它的威力吗？他不是有过许多次一次比一次有力的证明吗？你想想他的一切作为，这一切都是因为大家知道他掌握这张名单。大家知道他掌握这张名单，这就足够了。他用不着使用它，但是他掌握它。他掌握它，就害死了你丈夫。他在那二十七人倾家荡产、名声扫地的基础上堆积起自己的财富。就在昨天，二十七人中最顽强的一个——德布科斯，在监狱里割断喉咙自杀了。你放心，不会过高的。只要交上这张名单，我们尽可随意提要求。再说我们有什么要求呢？几乎没有要求……根本不算要求……只是要求赦免一个二十岁的孩子。别人都会把我们当作傻瓜。怎么，我们手里有……”

他停下了。因为克拉瑞丝坐在他对面已经睡着了，一件件令人兴奋的事使她疲惫不堪。

早晨八点，他们抵达巴黎。

两份电报已经在克里希广场罗宾的那套公寓里等着他了。一份是勒巴鲁昨天晚上从阿维尼翁拍来的，他汇报一切进行得都很顺利，晚上可望准时会面。另一份是帕斯维尔从勒阿弗尔拍给克拉瑞丝的："明天星期一早上不能回来。请五点到我办公室。一切拜托。"

"五点，太晚了！"克拉瑞丝说道。

"这个时间最合适。"亚森·罗宾说。

"可如果……"

"'如果明天早上行刑呢？'你的意思是这样的吧？你不要怕某些字眼了，因为死刑不会执行。"

"可是报纸……"

"报纸，你原来没看，现在我也不许你看。报上说的一切都是没有意义的。只有一件事要紧，就是同帕斯维尔会面。还有……"

他从一个柜子里取出一个小瓶，把手搭在克拉瑞丝肩上，对她说："你在这张长沙发上躺一会儿，喝几滴药水。"

"这是什么？"

"能让你忘掉烦恼睡几个钟头的东西……什么时候都需要休息嘛。"

"不，不！"克拉瑞丝抗议道，"我不喝！吉尔贝睡不着，他忘不了烦恼。"

"喝吧！"亚森·罗宾语气温和地坚持着。

她很快就让步了，因为她也不愿再去想这些事。几个月来，她承受的痛苦实在太大了。她驯服地躺在沙发床上，合眼睡去，几分钟之后就进入梦乡了。

罗宾按铃把仆人叫来。

"快，报纸……买了吗？"

"买了，老板。"

罗宾打开一张，几行大字赫然出现：

亚森·罗宾的同伙将遭处决

据可靠消息，亚森·罗宾的同谋吉尔贝和沃什勒将于明天星期二早上处决。

德勒莱先生已检查过断头台，一切已准备完毕。

罗宾抬起头，脸上露出挑战的神情，自言自语道："亚森·罗宾的

145

同谋！要处决亚森·罗宾的同谋！多么壮观的场面啊！多少人会去观看呀！但是先生们，很抱歉，好戏还没开始呢。从上面传来权威性的指示要停演，而我就是那个权威！"

他用力拍拍自己的胸脯，自豪地再说一遍："我就是那个权威。"

中午，罗宾收到勒巴鲁从里昂发来的电报："一路顺利。包裹将会安全送达。"

三点钟，克拉瑞丝醒了。她第一句话就问："是明天吗？"他没有回答。她看到他若无其事，笑容满面，立刻感到踏实多了，似乎觉得一切都已结束，都已解决，都按照这位伙伴的意愿安排好了。四点十分，他们出发了。

帕斯维尔的秘书事先已接到他老板的电话通知，把他们领进办公室，请他们稍候。这时是四点四十五分。

五点整，帕斯维尔急匆匆地跑进来，马上问道："名单现在在你们手里？"

"是的。"

"给我。"帕斯维尔把手伸出来。

克拉瑞丝早已站起来了，但她没有动弹。

帕斯维尔注视了她一会儿，犹豫片刻后便坐下了。此时此刻，他心里才完全明了：不仅仅是由于仇恨和希望报仇，还有另一种目的在促使克拉瑞丝去追踪多布里克。而自己想要她把名单交出来，必须得应允她的某些要求。

为表示他接受挑战，帕斯维尔说："请坐。"

帕斯维尔形容消瘦，颧骨凸出，眼睛不住地眨着，嘴也有点歪，一副虚伪和不安的表情。他在警察总署与人相处不好，因为时刻都得挽回他的愚蠢和笨拙所造成的损失。他是那种平时不受器重，遇有难活重活就被派去，事一做完就被人如释重负地打发走的人。

这时，克拉瑞丝坐了下来。见她沉默不语，帕斯维尔便开始说："亲爱的朋友，请说，请坦率地说。我可以无所顾忌地宣称，我们迫切地希望能拿到这张名单。"

由于罗宾曾预先仔细地指示过她该怎样回答，因而克拉瑞丝指出：

"假如这只是一个愿望……假如这只是一个愿望，我恐怕我们不可能谈成。"

"当然。"帕斯维尔微笑着说，"这种愿望会使我们做出某些牺牲。"

梅尔吉夫人修正了他的话："得做出一切牺牲。"

"当然，在我们可以承受的范围以内做出一切牺牲。"

克拉瑞丝毫不让步，说："哪怕我们超出了这个范围。"

帕斯维尔等得有些不耐烦了："请解释一下，你究竟有什么条件？"

"请原谅，亲爱的朋友，我必须先搞清你对这张名单的重视程度。当然，为了我们能够谈出个结果，我还要强调一下……怎么说呢？强调一下我带来的这件东西的价值。你知道这是一件无价之宝，因此，我再说一遍，交换的条件也应当是对等的。"

"好了，就这么着吧。"帕斯维尔更着急了。

"因此，我想就不必再去详细地回顾这件事的来龙去脉了，也没有必要再列举你掌握了这张名单后将会消除哪些灾难，以及可以得到多少难以估量的好处了吧？"

帕斯维尔努力克制自己，尽量礼貌地回答："我同意接受这些条件，怎么样？"

"再一次请求你原谅，不这样谈，我们不可能把问题谈透彻。有一点需要澄清的，那就是你本人是否有足够的资格来跟我谈判？"

"什么意思？"

"我是想问一下，当然并不意味着你是否有权立即处理这个问题，而是面对我，你是否可以代表那些了解这件事并有资格处理这个问题的人。"

"当然可以。"帕斯维尔的回答很果断。

"那么，在我告诉你我的条件之后一个钟头，你就可以把你的答复给我了？"

"是这样的。"

"这个答复将代表政府吗？"

"是的。"

"这个答复可以代表爱丽舍宫吗？"

这使帕斯维尔显得很惊诧，他考虑了一会儿才回答："是的。"

克拉瑞丝最后说道："最后我还要求你发誓，不论你是多么的无法理解我的条件，请你别要求我向你解释原因。我的条件就是这样，绝不更改，而你的答复只能是可以或者不可以。"

"我向你发誓。"帕斯维尔一个字一个字地说出这句话。

刹那间，克拉瑞丝变得非常激动，脸色也比先前更加苍白了。然后，她一边用眼睛紧盯着帕斯维尔的眼睛，竭力克制自己，一边说："交出二十七人名单之后必须赦免吉尔贝和沃什勒。"

"啊？你说什么？"帕斯维尔瞠目结舌地站起来："赦免吉尔贝和沃什勒？亚森·罗宾的同谋？"

"对。"她说。

"玛丽·特莱斯别墅的杀人犯？那些明天就要被处决的人？"

她提高了声音说道："对，就是他们！我请求，我要求赦免他们！"

"可这是发疯！为什么？为什么？"

"我提醒你，帕斯维尔，你向我做过保证……"

"是的……是的……确实是……但这件事实在是太出人意料了！"

"为什么？"

"为什么？由于种种缘故！"

"哪些缘故？"

"总之……总之……你想想！吉尔贝和沃什勒是判了死刑的人！"

"很简单，把他们送去服苦役好了。"

"不行！这件事闹得满城风雨，他们是亚森·罗宾的同伙。全世界都知道这次判决。"

"那么……"

"那么，我们不能，不能违反法院的判决。"

"我并不要求你违反法院的判决，我只要求用赦免去代替死刑。赦免是合法的。"

"赦免委员会已经宣布……"

"就算是吧，那还有共和国总统呢。"

"他拒绝赦免。"

"让他再考虑一次。"

"不可能的!"

"为什么?"

"没有理由。"

"他不需要理由。赦免权是绝对的。他行使这个权利不受任何人监督,不必有理由,不必有借口,不必进行任何解释。这是总统的特权,总统可以随意行使。确切地说,依自己的良心,为国家利益来行使这个权利。"

"可太晚了!一切都准备好了,过几个小时就要行刑了。"

"可你刚才说过,你只要一个小时就可以给出答复。"

"这简直是发疯,真的!你的要求,面对的是不可通融的原则。我再说一遍,这不可能做到,根本不可能。"

"这么说是不行了?"

"不行,不行,绝对不行!"

"这样,我们只好走了。"她朝门口走去,尼克尔先生跟在后面。

帕斯维尔一个箭步抢上前,拦住他们的去路。"你们上哪儿去?"

"上帝啊!亲爱的朋友,我觉得我们的谈话结束了。既然你估计,你确信总统也认为这张名单的价值不……"

"留下来吧。"帕斯维尔说。

他把钥匙在门锁里转了一圈,锁上门,然后在房间里踱着方步,两手放在背后,低着脑袋。

亚森·罗宾一直没有出声,出于谨慎,始终扮演一个不引人注目的角色。他想:"这么啰唆!结果反正不可避免,竟这么费事!帕斯维尔先生不是雄鹰,也不是一个傻瓜,他怎么能放弃向死敌复仇的机会呢?瞧,我说对了吧!将多布里克推入深渊的念头使他微笑了。好了,我们赢了。"

这时,帕斯维尔把通向他私人秘书办公室的那扇内室小门打开,向他的秘书大声吩咐着:"拉尔蒂克先生,给爱丽舍宫打个电话,说请求一次最紧急的电话接见。"

他关上门,回到克拉瑞丝身边,对她说道:"总而言之,我的任务只不过是向总统转达你的要求。"

"转达给他，就等于让他接受了。"

接下来是长久的沉默。克拉瑞丝的脸上露出兴奋和喜悦，帕斯维尔则感到很不可理解，好奇地注视着她。克拉瑞丝想救出吉尔贝和沃什勒，她到底出于何种神秘的原因？他们之间有着何种不可思议的关系呢？又是什么因素把这三个人的命运跟多布里克连在了一起呢？

"算了，好老头！"亚森·罗宾想道，"你挖空心思也猜不出来的。啊，如果我们按克拉瑞丝的意愿，只要求赦免吉尔贝一个人的话，你可能猜得到内中的秘密；可是沃什勒，那畜生沃什勒，梅尔吉夫人跟他不可能有任何关系……啊，啊，天呐！轮到我了……他在打量我呢！这个尼克尔先生，这个外省的小教书匠，究竟是什么人？为什么对克拉瑞丝·梅尔吉夫人如此忠诚呢？这闯进来的家伙到底是什么身份？我没有调查他的来历，实在是错误……我必须弄清楚……揭开他的真面目……因为一个人吃苦费力，去办与他无直接利害关系的事，终究是不正常的。他为什么也要求救吉尔贝和沃什勒呢？为什么？"

亚森·罗宾轻轻转过头，心里继续想着："哎呀！哎呀！这家伙脑子里正闪过一个念头……一个模模糊糊、似是而非的念头……真是糟糕！不能让他猜出尼克尔先生实际上就是罗宾先生。否则的话，那就麻烦了……"

帕斯维尔的秘书进来了，打断了所有人的思绪，他来告诉帕斯维尔，总统一个小时以后接见他。

帕斯维尔说："好的。谢谢你，你可以出去了。"

然后，他不再旁敲侧击，而是像一个希望速战速决的人一样，开门见山地再次开始了谈话。他宣布："我想这件事我们一定会成功完成的。但是首先，我需要更准确的情况、更完备的资料，这样我才能更出色地完成你们赋予我的使命。名单现在在哪儿？"

梅尔吉夫人回答："在一个水晶瓶塞里，和我们想的一样。"

"这水晶瓶塞又放在什么地方呢？"

"就放在多布里克在拉马丁街心公园寓所办公桌上的一件东西里，几天前他从那儿把它取走了。昨天，星期天，我才又从他手里把它搞到。"

"是件什么东西？"

"算不上件东西，只不过是随便放在桌子上的一包马里兰烟丝。"

帕斯维尔呆住了。他喃喃地自责："啊？我要是早知道就好了！我真是个笨蛋！我曾经碰过这包烟丝多少次啊！"

克拉瑞丝说："这无所谓！重要的是现在找到它了。"

帕斯维尔撇了撇嘴，表示假如是被他找到的话就更加完美了。接着他问："听你这么说，这张纸现在在你那儿？"

"是的。"

"带来了吗？"

"带来了。"

"给我看看。"

克拉瑞丝用目光询问尼克尔先生的意见，被帕斯维尔捕捉到了。她说："喏，这个。"

他一把抓住那张名单，有些慌乱，仔细看过后，立刻说："对……对……是出纳的笔迹……我认出来了。而且还有总裁的签名……红色的签名……再说我有其他证据呢……比如左上角撕下来的那一块就在我这里。"

他打开保险箱，从一个特别的小盒子里拿出一小片纸头，他把它放在那张纸的左上方，说道："得，就是这个。你们看，撕破的两边刚好合得上。这是铁一般的证据。现在唯一要做的只是检查这种纸本身的特征了。"

克拉瑞丝非常高兴。真是难以想象，这么多个日子以来，她的心是如何被那些令人无法忍受的痛苦所拉扯着、撕裂着，伤口到现在还隐隐作痛。

帕斯维尔把那张纸贴在玻璃窗上看着。克拉瑞丝对亚森·罗宾说："要让吉尔贝今晚就知道赦免的事，此刻他一定十分悲伤呢！"

"对。但是他应该先在爱丽舍宫取得胜利。"

"不会有麻烦的，对不对？"

"不会。你瞧，他不是立即就要让步了吗？"

　　帕斯维尔凭借放大镜继续观察着，他对比着那张名单和撕下来的那张小纸片，接着再把两张纸都贴在玻璃窗上，然后又从小盒里拿出其他几张信纸，取出其中的一张仔细研究着。

　　"不出我的所料，这下完全证实了我的怀疑。对不起，亲爱的朋友，看来事情有些棘手……我一项项都检验过了……因为我不很放心……看来担心是有道理的……"

　　"你是什么意思？"克拉瑞丝胆怯地问。

　　"请稍等一下，等我先下一个指示。"

　　他叫来秘书："请马上给爱丽舍宫打电话，就说我很抱歉，暂时不必接见了，什么原因我以后再向总统解释。"

　　他关上门，回到办公桌前。

　　克拉瑞丝和罗宾站在那儿，几乎停止了呼吸。二人吃惊地看着他，并不明白他为什么突然改变了主意。这人是不是发疯了？是不是玩诡计？是不是出尔反尔？是不是名单到手就不认账了？他把名单还给克拉瑞丝。

　　"你可以把它拿回去了。"

　　"拿回去？"

　　"还给多布里克。"

　　"还给多布里克？"

　　"除非你愿意把它烧掉。"

　　"你说什么？"

　　"我说，我要是你，就把它烧掉。"

　　"你为什么说这话？这很荒谬。"

　　"恰好相反，这很合情理。"

　　"为什么？为什么？"

　　"为什么？我就给你解释。那张二十七人名单，我们有不容置疑的证据，是写在运河公司理事会主席一张信笺上的；我的小盒子里有几张这样的信笺。所有这些纸上都印着商标、一个几乎看不出来的小洛林十字，只有对着光才能看到。可是你拿来的纸上却没有这个小洛林十字。"

　　罗宾觉得自己浑身的神经都在颤抖了，甚至害怕转过头来看一下克拉瑞丝，因为他明白她一定非常非常悲伤痛苦。他听见她泣不成声地说："那么多布里克可能被骗了？"

帕斯维尔叫了起来。"绝对不可能！就是多布里克从那个快死的人的保险箱里偷走的，他掌握着真正的名单。我可怜的朋友，是你被骗了。"

"那么这一张？"

"这一张是假的。"

"肯定是假的。这是多布里克耍的一个鬼把戏。他用这个水晶瓶塞在你眼前晃来晃去，把你搞得眼花缭乱，于是你就一心只想找这个瓶塞，而里面不知随便塞了点什么东西……塞了这么一张废纸。而他则无忧无虑地保存着那张……"

帕斯维尔停住口，克拉瑞丝像机器人一样僵硬地向前移动脚步，嘴里喃喃地说："那么说……"

"说什么，亲爱的朋友？"

"你准备拒绝了？"

"这是肯定的，我只能……"

"你不同意？你不同意……那明天早晨……几个钟头之后……吉尔贝……"

她的脸全部凹陷进去，变得令人害怕的苍白，像极了一张死人的脸。她的双眼直直地瞪着前方，牙齿咬得格格地响……

害怕她吐露出不必要的且于己不利的话，罗宾扶住她的双肩，想把她带走。可是她竭尽全力地推开他，又向前走出了两三步，歪歪倒倒地似乎立刻就能倒下。突然间，她绝望而大力地拽住帕斯维尔，高声叫道："你必须到那儿去！你现在就去！一定要这样做！一定要把吉尔贝救出来……"

"请你镇定点，亲爱的朋友……"

一阵刺耳的笑声从她嘴里发出，然后，她说道："镇定！可吉尔贝明早就要……啊，不！我怕……可怕……快去呀，坏蛋！去要求赦免他！你难道不明白吗？吉尔贝……吉尔贝……是我的儿子！我儿子！我儿子！"

帕斯维尔一声惊叫。克拉瑞丝手持一把刀子，寒光闪闪。她举起刀就要插进自己身体，但手还没落下，尼克尔先生就抓住她的胳膊，夺下刀，把她按住不动，声音激动地说："你疯了！干这种事！既然我发誓救他……你要为他活下去……吉尔贝不会死……既然我发了誓，他怎么还会死呢……"

"吉尔贝……我儿子……"克拉瑞丝呻吟着。

他猛地抱住她，把她扳倒在自己身上，用手按住她的嘴。"够了！住口……求你住口……吉尔贝不会死的！"

罗宾拿出无法抵抗的威严和力气拉走了克拉瑞丝，她就像一个听话的孩子一样，居然变得很乖。但他在开门的时候，转过身朝帕斯维尔以专横和果断的口吻命令道："等着我，先生。如果你想要这张二十七人名单……货真价实的名单，等着我。一小时，顶多两小时之后我就回来，那时我们再谈。"

接着，他又突然转向克拉瑞丝："至于你，夫人，我代表吉尔贝命令你，你要勇敢一点。"

他扶着克拉瑞丝穿过走廊，走下楼梯，就像拖着一个衣架子似的拖着她，几乎是抱着她，一步一步地走着，出了一个院子，又一个院子，来到街上……

这时候，帕斯维尔从目瞪口呆、被眼前发生的事情搅得稀里糊涂的状态中慢慢冷静下来，开始思考。他琢磨着尼克尔先生的态度。他只是一个小配角，克拉瑞丝的顾问，人们发生危机时常找这些人出主意，可后来突然摆脱掉不闻不问的状态，走上前台，变得果断、威严，充满激情，勇气十足，准备推翻命运设在他面前的一切障碍。

什么人有能力做到这些呢？

帕斯维尔不禁浑身一抖。还没等他想完，这个问题的答案已经不言自明了，为此答案作证的往事也纷纷映现在他脑海里，一件比一件更具说服力，一件比一件更确凿无疑。

只有一件事儿帕斯维尔还百思不得其解，那就是尼克尔先生的形象、外表与自己见过的罗宾的照片并无相似之处，可以说相差很远，完全是另一个人。不管是身高、体型、脸型、口型、眼神、皮肤或是发色，都跟人们掌握的那个冒险家的相貌特征截然不同。帕斯维尔当然不能不想起，罗宾的最大特点就在于他具有改头换面的神奇本领，所以这一点疑问很快就排除了。

帕斯维尔匆匆走出办公室。他碰上一个侦探，于是上前问道："你刚从外面进来吗？"

"是的，秘书长先生。"

"碰见一位先生和一位夫人吗？"

"碰见了，就在院子里，几分钟以前。"

"你认得出那个男人吗？"

"我想可以。"

"那你一分钟也不要耽搁……带上六名警察，马上赶到克里希广场调查一个叫尼克尔的人，监视他的房子。尼克尔先生应该会回去的。"

"要是没回去呢，秘书长先生？"

"那你就设法逮捕他。给你逮捕证。"

他回到办公室，在一张卡片上写了一个名字。

侦探看了以后吃惊道："你刚才跟我说的是一个叫尼克尔的人啊！"

"那又怎样？"

"可逮捕证上写的却是亚森·罗宾。"

"亚森·罗宾和尼克尔本来就是一个人！"

十二、断头台

"我一定要救他，我一定要救他。"亚森·罗宾和克拉瑞丝坐在汽车里，翻来覆去地念着，"我向你发誓，一定要救他。"克拉瑞丝没有听，好像麻木了，好像被死亡的噩梦纠缠着，对周围的一切都漠不关心。亚森·罗宾谈着自己的计划，想使她信服，也许更是想让自己放心。

"不，不，我们不一定就输了。我们手里还有一张王牌，一张重要的王牌，那就是昨天早晨在尼斯多布里克向你提到的那些前议员沃朗格拉德要提供给多布里克的信件和文件。我要向斯塔尼斯·沃朗格拉德购买这些信件和文件……随他定价。之后我们再回警察局，告诉帕斯维尔：'秘书长先生……请你把它当作真的名单来使用，拯救吉尔贝，哪怕到明天吉尔贝得救后，你再承认这是假名单也……快去，快去处理吧，否则的话……否则的话，明天，星期二早上，沃朗格拉德的信就会登在一家大报上。沃朗格拉德早上被捕，晚上就会把你帕斯维尔抓起来！'"

亚森·罗宾搓着手。"他会去的！会去的！我一见他就感觉到这一点。我觉得这事有把握、靠得住。我在多布里克的皮夹子里找到了沃朗格拉德的地址……开车吧，司机，到拉斯帕伊大街！"

他们来到那条街，罗宾跳下车，三步两步地奔上了四楼。

女仆答复说，沃朗格拉德不在家，要到明天吃晚饭时才回得来。

"那你知道他去哪儿了吗？"

"先生去了伦敦。"

罗宾回到车上，缄默不语。而克拉瑞丝对一切都不关心了，她甚至连问都不问他一下，好像她儿子的死已成定局似的。

汽车把他们一直带到克里希广场。在罗宾进入公寓的时候，因为他心不在焉，并没有留意到有两个人正从门旁走出来。而他们正是帕斯维尔派遣的来包围公寓的警察中的两个。

他问佣人："有没有电报？"

"没有，老板。"阿西尔回答。

"那勒巴鲁和格罗内尔有消息吗？"

"老板，没有，一丁点也没有。"

"这很自然。"他故作轻松地对克拉瑞丝说，"现在才七点钟。别指望在八点钟，甚至九点钟之前见到他们。让帕斯维尔等着好了，我去给他打电话。"

他打完电话，挂上话筒，听见身后传来一声呻吟。克拉瑞丝站在桌旁，在看一张晚报。她伸手捂着胸口，身体摇晃着倒下去。

"阿西尔，阿西尔！"亚森·罗宾连忙喊仆人，"帮我把她抬到床上……现在，把壁橱里那个小瓶拿来，四号，盛麻醉剂的。"他用刀尖撬开克拉瑞丝的牙齿，给她灌了半瓶药水。"好了，"他说，"这可怜的女人要到明天才醒，在……以后……"

克拉瑞丝还紧抓着报纸。他扫了一眼，看到下面几行字：

为顺利地执行吉尔贝、沃什勒的死刑，采取了极其严密的防范措施，以防亚森·罗宾把他的同伙救下断头台。从今日午夜起，森特监狱周围的所有街道都将设置武装警卫。刑场选在监狱墙外阿拉戈大街的街中心。

我们采访两名死刑犯，并且了解了他们的精神状态。沃什勒始终是那么厚颜无耻，放胆地对待命运的安排。他说："真是见鬼！既然不得不过这一关，虽然并不高兴，但也应该泰然置之……"他又加了一句："我并不在意死，但一想到别人要砍掉我的头，就很烦恼。啊！要是老板能够找到一种方法在我还来不及哼一声之前就立即把我送到另一个世界，那该有多好啊！老板，请送我一点士的宁吧！"

吉尔贝的冷静给人们留下了更加不可磨灭的印象，特别是当人们回想起在重罪法庭上他完全无法接受的时候。对他而言，他极端信赖着亚森·罗宾的无所不能。"老板当着大家的面叫我不要怕，说他在这里，他担保一切。因此，我不怕。哪怕是最后一天，最后一分钟，甚至在断

157

头台脚下，我都相信他。因为我了解他，老板！有他在，就无可担忧。他答应的事，一定会办到。即使我的头砍下来，他也会给我接上，扎扎实实地接上。亚森·罗宾会听任小吉尔贝去死？啊，不会的！请允许我打打趣！"在这个孩子的信任与敬慕里，有某种感人的、淳朴的东西，我们将看到，亚森·罗宾是否配得上这样盲目的信任。

亚森·罗宾好不容易才把文章读完，眼中噙满了泪水，模糊了视线。那是感动、怜悯和绝望的泪水。

不，他配不上小吉尔贝的信任。诚然，为了拯救吉尔贝，他已经竭尽全力。但在目前情况下，需要做出更大的努力，要比命运更强才行。可是这一次，命运比他强。这场不幸的冒险从第一天起，事件就始终朝着与他的预见，甚至与逻辑相反的方向发展。他跟克拉瑞丝追逐同一个目标，却由于误斗耽误了好几个星期。接着，他们才刚携手合力，灾难几乎就接踵而至。小雅克被劫走、多布里克被绑架、罗宾受伤无法行动、克拉瑞丝被骗，罗宾尾随着她历经法国南方和意大利，最大的灾难又随之降临。当人们以顽强的意志创造了奇迹，眼看胜利在望时，一切却在瞬间毁灭了。那张被他们视若至宝的二十七人名单却只是一张毫无价值的破纸。

"缴械投降吧！"亚森·罗宾说，"失败已成定局。我报复多布里克，让他破产，让他绝望，其实都是白费气力……真正战败的是我。因为吉尔贝就要死了……"

他又哭起来，不是因为恼恨，也不是因为气愤，而是因为绝望。吉尔贝就要死了！这个被他称为孩子，称为最亲密战友的人，再过几小时就要永远消逝了。他无法救他了，一切努力都是徒劳的；他甚至连想也不想再去做最后一次尝试了。究竟怎样做才能起作用呢？

他清楚一报还一报的道理，赎罪的一天迟早要降临，没有哪一个罪犯敢说自己能够永远逃避惩罚。可是，今天被送去赎罪的，却是可怜的吉尔贝。他将含冤而死！这太可怕了，这不是更加证明你罗宾太无能了吗？

罗宾深感自己回天无力，所以，他收到勒巴鲁下面这封电报时，连失望的感觉也没有了：

马达发生故障。损坏了一个零件。修理需较长时间。明晨才能抵达。

这情况再一次证明命运已做出决断，他也不再想去违背命运的安排了。

克拉瑞丝睡得非常安详宁静。他看着她，不由得羡慕她能够忘记一切，不受世事的烦扰。突然，他觉得自己也变得极其软弱，不敢再面对这一切，不由自主地抓起剩下的半瓶药水一口喝掉。

他回到自己的卧室，倒在床上，摇铃叫来仆人，对他说："你也睡去吧，阿西尔，无论再发生什么事也不要叫醒我。"

"真的吗，老板，吉尔贝和沃什勒没有希望了？"阿西尔问。

"没有希望了。"

"他们真的要上断头台了？"

"真的要上断头台了。"

二十分钟以后，罗宾就进入了梦乡。

现在已经是晚上十点了。

这一夜，监狱的四周都是吵吵嚷嚷的。

子夜一点，所有通向监狱的街道都已被警察看守着，对过往的行人都要进行一番仔细的盘查才放他们通行。

这时，正下着瓢泼大雨，看来不会有多少人热衷观看这种场面。所有的酒店被命令在深夜三点以前打烊。两个连的士兵就在人行道上露宿，阿拉戈大街上还有一个营的士兵正高度警戒着。不时有保安和警察在奔跑忙碌，治安官员、警长以及所有被临时征召的人们在来回走动。

在位于阿拉戈大街和森特街街角的土台中央，已经无声无息地立起了一个断头台，而自鸣钟可怕的钟锤声也传入了人们的耳朵。

快四点的时候，尽管还下着雨，人们还是聚集起来了，他们唱起了歌，并要求点灯和启幕。当他们发现他们的视线被障碍物挡住，只能看见断头台的支柱时，都愤怒了。

几辆汽车驶来，身穿黑衣的官员们从车中走出，人群中传出掌声和抗议声。一队骑警驱散了人群，在土台周围隔出一块三百多米宽的空地，接着又调来两连士兵加强警戒。

嘈杂声渐渐消失。漆黑的夜幕开始发白。

雨也突然停了。

监狱里面，死囚牢外边，走廊前后，穿黑制服的官员们在低声交谈。

帕斯维尔正在同检察官说话，检察官还有些不放心。

"你放心，绝对用不着担心。"帕斯维尔说，"我可以保证，绝不会出任何意外。"

"下面有没有发现什么可疑迹象的报告？秘书长先生？"

"没有任何可疑迹象。不仅如此，我们已经控制住了罗宾，所以不会再发现可疑迹象了。"

"真的吗？"

"是的。我们知道了他的藏身之所，他在克里希广场的住所已被包围。他于昨晚七点回到那里。另外，我查明了他营救两个同伙的计划。这个计划在最后一刻落空了。因此，我们不用担心。正义不会受到干扰。"

"将来的某一天人们也许会为此案后悔的。"吉尔贝的律师说。

"亲爱的律师，你真认为你的委托人是无辜的吗？"

"确定无疑，检察官先生。一个可怜的孩子就要无辜地死掉了。"

检察官无言了，停了一会儿，似乎自言自语地说道："这个案件审理得恐怕过于仓促了。"

律师激动地一再说："一个无辜的人就要死去！"

行刑的时间已经到了。

沃什勒在前。典狱长打开他的牢门。

沃什勒从床上跳起来，瞪着两只惊恐的眼睛看着进来的人。

"沃什勒，我们奉命向你宣布……"

"住口吧，别说了，"他喃喃地说，"别说了，我知道你们要干什么，走吧。"

他那样子像是巴不得尽快结束这场噩梦，所以非常顺从地进行着行刑前的准备。他不想别人再对他多说一句话。

"什么都不要说了，"他重复道，"……什么？让我忏悔？没有必要。杀人偿命，这是理所当然的。咱们的账两清了。"

过了一会儿，他突然停下来，问道："请告诉我，我的同伴是不是也要……"

当他得知吉尔贝将跟他一同上断头台时，他稍稍迟疑了一下，看看在场的人，似乎还要说点什么。但最后他耸了耸肩，小声说道："这样也好……我们是同伙……生在一起，死也在一起。"

当法警走进吉尔贝的牢房时，他也没有睡着。他坐在床上，听着可怕的宣判，试图站起来，可是从头到脚抖个不停，就像被人摇晃的一具骨架。接着他又抽泣着倒下去。

"啊！可怜的妈妈！可怜的妈妈！"他断断续续地喊着。他从未提过他母亲，法警想问他，他突然停止哭泣，大喊起来："我没有杀人！我不想死！我没有杀人！"

"吉尔贝，"有人对他说，"拿出勇气来。"

"是啊……是啊……可是既然我没有杀人，为什么要让我死？我没有杀人……我向你们发誓……我没有杀人……我不想死……我没有杀人……你们不应当……"

他的牙齿磕得太厉害，以至说的话含糊不清。他任人摆布，作了忏悔，听了弥撒，之后他沉着一些了，几乎变得驯服了，像个听话的孩子似的哼着："应该告诉母亲，请求她原谅。"

"你母亲？"

"是的……你们把我的话登在报上……她就会明白……她知道我并没有杀人，她知道。但是我请求她原谅我所犯的一切过错，我过去做的错事。还有……"

"还有什么，吉尔贝？"

"还有，我希望老板知道我对他没有失去信心……"

他逐个打量在场的人，似乎怀着失去理智的希望，希望老板就在这些人当中，化了装，认不出了，准备带他逃走。

"是的，"他轻轻地说，声音里含着宗教般的虔诚，"是的，我仍然相信他，甚至此时此刻……愿他知道这些，不是吗？我坚信他不会让我死……我坚信。"

从他那怔怔的目光中，人们感到他好像已经看到了罗宾的身影正在外面游荡，正伺机找一道缝隙钻进来，来到他的身旁。——面对这个可怜的孩子，没有什么能比这个更动人心魄了。这个孩子身穿囚服，戴着死囚的镣铐，被许多警察看守着，并将被无情的刽子手按在刀下，却仍然怀着活下去的强烈愿望。

所有在场的人心都抽紧了，眼中浸满了泪水。

"不幸的孩子！"这是许多人发出的最后叹息。

帕斯维尔也跟所有的人一样，深为感动。他想到了克拉瑞丝，不禁叹道：

"可怜的孩子！"

吉尔贝的律师也在痛哭着，不停地对周围的人说："一个无辜的人就要死去了！"

最后的时刻到了。一切都已准备就绪。行刑队开始行动。

两队人在走廊里相遇。

沃什勒看见吉尔贝后，冷冷地笑了一声："喂，小家伙，老板不需要我们了。"接着，他又加了一句除帕斯维尔以外谁也不明白其含义的话："看来水晶瓶塞的好处都被他一人占了。"

人们走下楼梯，在监狱书记室停了下来，办理了例行手续，然后又从院子里穿出。这整个过程真是无休无止的，恐怖异常……

最后他们来到了敞开着的大门前，突然见到了微弱的晨曦、雨天、街道、房屋的轮廓，在死一般的寂静中，有喧闹的人声从远处传来……

人们又顺着监狱的外墙，一直来到了阿拉戈大街街口。

他们顺着围墙，来到两条街交叉的地方。

又向前走了几米……沃什勒突然向后倒退了一步。他看到了！

吉尔贝低着头，在神父和一个助手的搀扶下慢慢向前移动，神父拿着十字架让他吻。

断头台已经矗立在面前……

"不，不，"吉尔贝抗议道，"我不想死……我没有杀人……我没有杀人……救命啊！救命啊！"

这最后的呼救消失在空中。刽子手打了一个手势。几个人抓住沃什勒，架起来，拖着他向前，几乎跑起来。就在这时，发生了一件令人惊愕的事：对面的房子里突然开了一枪。刽子手的助手立即停步。

他们拖着的人弯下身子。

"出了什么事？出了什么事？"有人问。

"他受伤了……"

沃什勒额头上迸出鲜血，流得满脸都是。他含糊不清地说："行了……正中靶心！谢谢，老板，谢谢……我的头不会断了……谢谢，老板！啊！多好的人啊！"

一个声音从一片骚乱中传出来："把他带到上面去！去执行死刑！"

"可是他已经死了！"

"赶紧！给他行刑！"

司法官员、政府官员和警察每个人都在下达命令，场面十分混乱。

"快送他上断头台！死刑一定得执行！我们绝不能让步！否则就是示弱……送他上断头台！"

"可是他已经死了！"

"那也没关系！判决应当照样执行……快处决吧。"

神父提出抗议。两名警卫和一些警察看守着吉尔贝，这时有两个人拖起沃什勒的尸体往断头台上走去。

"快！"行刑者喊道，他吓得声音都哑了，"快！再把另一个也拉上来……快！"

他的话音未落，传来第二声枪响。他摇晃了几下便倒了下去，但是他还是呻吟着说："没关系……只是肩膀上中了一枪……接着……下一个！"

可是行刑的助手们号叫着四散逃走了。断头台四周不一会儿已人迹全无。只有警察局局长一个人还得保持镇定，他用尖厉的声音传达着命令，要他的士兵们重新会集起来，把手下又集合起来，然后像一群乱拥乱挤的羊一样，把闹哄哄的法官、官员、囚犯、神父以及两三分钟之前从监狱里出来的人又都赶了回去。

这时，一群警察、侦探和士兵，冒着危险冲向刑场对面那所开枪的房子。那是座四层小楼，式样古旧，楼下是两个铺面，已经打烊。刚才第一声枪响时，人们依稀看到，这座房子三楼的一个窗口有个端着步枪的人手，被一片烟雾所掩盖。人们用手枪还击，但是都没有射中。他十分悠闲地跳上一张桌子，再一次把步枪抵在自己的肩上，瞄准后又打响了第二枪。之后，他就回到房间里了。

按铃后没有人应门，警察们便破门而入。他们跑上楼梯，但是被堆在二楼的许多扶手椅、床和家具挡住了去路，这道障碍设置得非常繁杂、巧妙，足足用了四五分钟，他们才辟开了一条通路，然而这四五分钟的时间足以放跑敌人。等他们跑上三楼，只听一个人在上面喊："走这边，朋友们！还有十八级楼梯。刚才拦了你们的路，深表歉意！"

那些人登上十八级楼梯，而且是那么灵活迅捷！可是在四楼上面还有一个顶楼，要想登上顶楼必须爬上一架梯子并推开翻板活门。然而逃亡者已经搬走梯子，关上活门，不见了。

人们无法忘怀这件闻所未闻的事件造成的混乱，报纸不断发表最新的文章，报贩沿街叫卖。巴黎人民也不得不承认，他们在义愤填膺的同时也感到焦虑和好奇。最混乱的地方还是警察局，信件、电报如雪片般飞来，电话铃声从没停过，到处乱成一团。

早上十一点，在警察局局长办公室里秘密地召开了一次会议，帕斯维尔也参与了。保安局长对他所进行的调查做了报告，报告的内容概括如下：

昨天晚上临近午夜的时候，阿拉戈大街那幢房屋的门铃被人按响，睡在一楼店铺后面小屋内的女门房前来应门，拉了开门绳。

那个人仍然继续敲着门，声称自己是警察局派遣来执行紧急任务的，因为第二天要处决囚犯。她刚把门打开，就被来人按倒在地，堵上嘴，捆上了手脚。

十分钟之后，住二楼的一位先生和一位夫人刚刚迈进家门，也被那人捆了起来，分别关进楼下的两家无人的店铺中。四楼的房客也遭到同样的命运，不过是被关在自己家的卧室里。那个人是悄悄潜入的。三楼没人住，那人就在那里安顿下来。他成了这座楼房的主人。

"原来是这样，"警察局局长笑起来，带着一丝苦涩，"是这样！很平常嘛！只是，我感到惊奇的是，他竟能轻而易举地逃掉！"

"局长先生，我请你留意，从子夜一点到五点他是这幢房子的真正主人，有足够的时间来做好逃跑的准备工作。"

"那他是从哪儿逃走的呢？"

"从屋顶。那房子离邻街，即拉希尔街的房屋不远。那边房子的屋顶与这座房子的屋顶之间只有三米左右，高低只相差一米。"

　　"于是……"

　　"于是，这个人抽走顶楼上的梯子，把它当天桥用了。到了那一片屋顶后，他只要找一个无人的顶楼，便能跳到对面街的某幢房子上，然后悠闲地离去。这样事先细心策划及准备之后，他很容易而且毫无障碍地扬长而去。"

　　"可是你们不是已经设置了一些必要的防范措施吗？"

　　"局长先生，我们依照你的指示设置了防范措施。昨天晚上，我属下的警察用了三个钟头，把所有的房子都搜查了一遍，确实没有任何陌生人藏在里面。在搜查完最后一座房子之后，我下令封锁了路口。可就是这短短的几分钟，叫那人钻了空子。"

　　"好了。依你看，这无疑是亚森·罗宾干的了？"

　　"毫无疑问。首先，这事关他的同伙；其次……除了亚森·罗宾，没有人能出此谋略，也没人能以如此惊人的胆量将其付诸实施。"

　　"难道……"警察局局长踌躇地说道。

　　他转身询问帕斯维尔："可是，帕斯维尔先生，你跟我谈到的那个人，你征得保安局长同意，从昨晚起派人监视的克里希广场那套房子里的人……是不是亚森·罗宾？"

　　"是亚森·罗宾，局长先生，那也是毫无疑问的。"

　　"那为什么他在夜里出来的时候，你们没有逮捕他？"

　　"他没有出来。"

　　"噢！噢！那事情变得愈加复杂了。"

　　"局长先生，这并不复杂。亚森·罗宾所有的住所都有两个出口，广场的那一幢也是如此。"

　　"这种情况你以前不知道？"

　　"我不知道。刚才我去检查他的公寓时才发现的。"

　　"他的公寓里还有人吗？"

　　"没有。今天早晨，有一个叫阿西尔的仆人离开了那座房子，并带走了一个临时住在罗宾家的女人。"

　　"那女人叫什么名字？"

　　"不知道。"帕斯维尔让人看不出来地迟疑了一下，回答道。

　　"那你是否知道亚森·罗宾在那儿住的时候，使用的是什么名字？"

"知道。是尼克尔先生,他是一个私人教师、文学学士。这是他的名片。"

帕斯维尔说完之后,一个传达人进来通知警察局局长,说爱丽舍宫要马上接见他,内阁总理已经在爱丽舍宫等着了。

"我立刻就去。"他说,然后自言自语地加了一句:"吉尔贝的生死就看这一次了。"

帕斯维尔鼓足勇气问道:"局长先生,你认为他会被赦免吗?"

"绝不可能!特别是发生了昨天夜里的事之后,要是再赦免他,政府将威信扫地。明天早上吉尔贝就会被依法处决了。"

这时,传达人又进来把一张名片递给了帕斯维尔。帕斯维尔看完之后,不由得打了个寒战,咕哝地说:"这家伙真是胆大包天!"

"什么事?"警察局局长问道。

"没什么,没什么,局长先生。"帕斯维尔回答,他想把彻底调查此案的荣誉留给自己一个人。"没什么……一次有些意外的来访……下午我乐于把会见结果向你汇报。"

他惊愕地嘀咕着走了。"嗨!真的……有胆量,这家伙。胆大包天!"

他手里的名片上写着:

尼克尔先生私人教师,文学学士

十三、最后的战斗

帕斯维尔回到办公室，一眼就发现了坐在会客室长凳上的那位尼克尔先生。他依然弓腰驼背，一脸病态，手里拿着那把破布伞、旧帽子和单只手套。

"就是他。"帕斯维尔断定，他刚才还担心罗宾会给他派来另一位尼克尔呢。

"他亲自来了，说明他没料到我认出他来了。"

"不管怎么说，绝不能小瞧这家伙！"

他关上办公室的门，把秘书叫来，说道："拉尔蒂克先生，我要在这里接见一个相当危险的角色，他很可能要戴上手铐才能离开我的办公室。他一进来，你就做好一切必要的准备。叫十二名警察来，让他们在前厅和你办公室里等着。命令很明确：一听铃响，你们就拿枪进来，把那人围住。明白了吗？"

"绝不可犹豫，要一下子冲进来。大家一齐进来，手枪一齐对着他，要非常严厉，听见吗？现在请尼克尔先生进来吧。"

只剩他一人时，帕斯维尔用书把桌子上的电铃按钮挡住，又在书后藏了两支大口径手枪。

他思考着："现在得小心一些，不能让他有机可乘。如果他有名单，就得想法子把名单弄到手。如果没有，他就等着被捕吧。当然，两个都办到的话，那就更好了。尤其是在今天早上发生了这样大的丑闻之后，我再一并获得罗宾和二十七人名单，这会让我出尽风头。"

有人敲门。他一边站起来一边说道："进来吧，尼克尔先生。"

尼克尔先生紧张不安地走进房里，在指给他的椅子上坐下，但也只是挨着椅子边坐下，接着便一字一顿地说起来："先生，很抱歉，我来晚了……我来接着谈……我们昨天所谈的内容……"

"请稍等一下，可以吗？"帕斯维尔说道。他来到前厅，见到秘书，对他说："我忘了吩咐，拉尔蒂克先生，让人到走廊和楼梯上看一看……看他带来了同伙没有。"

他又走回来，舒舒服服地坐好，似乎准备做一场兴致勃勃的长谈，开始道："你刚才说什么，尼克尔先生？"

"我说昨天让你久等了，我深感遗憾，我有事耽搁了。首先，是梅尔吉夫人……"

"对，是你把她扶走的。"

"是的，我不得不照顾好她。你应该理解这个不幸的女人，她是多么失望，她的儿子吉尔贝马上要死了！那又是怎样一种死法啊！那时，我们唯一的希望寄托于发生一件奇迹……一件不可能的奇迹……我也只好服从不可避免的……不是吗？当命运要让你倒霉的时候，我们只能认命！"

"可是，"帕斯维尔指出，"你离开我时，似乎要不惜一切代价从多布里克那里夺得秘密！"

"确实是这样，可是多布里克不在巴黎。"

"啊！"

"他不在巴黎，我正让他在汽车上旅行呢。"

"这么说你有一辆汽车，尼克尔先生？"

"二手货，一辆过时的老爷车。他在乘汽车旅行，确切地说，是被我关在一只大箱子里，放在车顶上旅行。可这辆汽车，唉！只能在吉尔贝处决以后到达。于是……"

帕斯维尔吃惊地打量尼克尔先生。如果说在此之前他对这个人的身份还有一丝疑问的话，现在听他这么一说，就疑虑全消了。天哪！把一个人装在箱子里，放在汽车顶上！只有亚森·罗宾才干得出这种令人惊讶的事！只有亚森·罗宾才能若无其事地讲述这件事！

"那么，"帕斯维尔说，"你做了什么决定呢？"

"我又想了另一个主意。"

"什么主意？"

"秘书长先生，这个主意我想你和我一样明白。"

"为什么？"

"嗨！难道你没有参加行刑？"

"参加了。"

"那你就看见沃什勒和刽子手各中了一弹，一个死了，一个受轻伤。你应该想到……"

"啊！"帕斯维尔目瞪口呆，"今早……是你……是你开的枪？"

"唉，秘书长先生，你想想，我还能做别的选择吗？你验出那二十七人名单是假的；多布里克掌握了真正的名单，可他要在行刑几个小时后才到。只剩一个办法能够救吉尔贝，使他得到赦免，就是使行刑推迟几小时。"

"显然……"

"不是吗？我打死沃什勒这个卑鄙的畜生，打伤刽子手，制造了混乱和恐怖，无论从精神上还是从事实上看，都不可能继续对吉尔贝实施死刑。于是我就争取到这必不可少的几小时。"

"显然……"帕斯维尔重复一声。

亚森·罗宾又说："不是吗？这使我们大家：政府、国家元首和我都有考虑的时间，都可以把这个问题看得更清楚一些。你想想，处死一个无辜的人，让一个无辜者的头颅落地！这种事我能答应吗？不，无论如何不能答应。必须行动，于是我就行动了。你是怎么看的，秘书长先生？"

帕斯维尔想起很多事情，特别是想到尼克尔先生如人们所说的那样，显示出魔鬼般的胆量。他是如此胆大，使他不由得想问一问尼克尔先生是不是真的就是罗宾，罗宾是不是真的就是尼克尔先生。

"尼克尔先生，我想，要在一百五十步远的地方杀死一个想杀死的人，打伤一个想打伤的人，一定需要非同寻常的技巧。"

尼克尔谦逊地说："我曾受过一些训练。"

"我想，你这个方案一定酝酿了很久。"

"完全不是这样，你想错了，这绝对是突然间冒出来的想法。要不是我的仆人，不如说把克里希广场那套房子借给我住的那位朋友的仆人使劲把我叫醒，告诉我他曾在阿拉戈大街那小房子的商店里当过伙计，说那里房客不多，也许可以试着干点什么，那么现在，可怜的吉尔贝的脑袋早掉下来了……梅尔吉夫人也可能死了。"

"啊？你认为……"

"我肯定，因此我才采纳了这位忠仆的意见。不过，秘书长先生，你可害我费了不少力！"

"我？"

"当然是你了！你采取了一个古怪措施，派十二个人守在我门口，不是吗？害得我从便梯爬上五楼，穿过仆人住房的走廊，跳到邻家房子才出来。白白费了不少力！"

"很抱歉，尼克尔先生。下一次……"

"今早八点也是这样。本来我在家等着那辆把多布里克连箱子一起送来的汽车就行了，可有人守着，我就不得不早早等在克里希广场，免得汽车停在我的门口会惹得那位警察注意。那样的话，吉尔贝和克拉瑞丝又都活不成了。"

"但是，如此这般……悲惨的结局，依我看也只能拖上一两天，最多三天而已。要想彻底消灾免祸，还必须有……"

"真正的名单，对吗？"

"一点不错。可你至今还没拿到……"

"已经在我手里了。"

"那张真正的名单？"

"真正的名单，绝对不错。"

"货真价实、不容置疑的真正的名单。"

"带有洛林十字的？"

"带有洛林十字。"

帕斯维尔不说话了。强烈的激动快要使他喘不过气来，和这个对手的决战就要开始了，而他觉得这个对手比他高明太多了。一想到令人恐惧的亚森·罗宾就在他面前，他的心就先凉了半截。这个对手是如此镇定、从容地去追求他的目标，就好像他手里掌握着所有武器来应付一个手无寸铁的人一样。

帕斯维尔还是不敢直接攻击，他几乎是有点怯懦地说："那么是多布里克给你的啦？"

"多布里克没有给我任何一样东西，是我自己拿到的。"

170

"就是说用了武力？"

"上帝呀，没有用。"尼克尔先生笑着说，"啊！当然了，我打算不择手段。当我把多布里克从那只大箱子里——他就是坐在这箱子里快速旅行，一路上只服食了几滴氯仿——取出来时，确实做了准备，要让他马上跳舞。嗬！我不用那无用的刑罚……不用让他白白受苦……不用……只是让他死……把一根长针扎进他胸口，正对心脏，然后慢慢地、轻轻地、和和气气地往里刺。用不着别的刑具……而这根针将由梅尔吉夫人刺下去……你明白……一个母亲在她的儿子快要被杀死的那一刻，会变得多么冷酷无情……'多布里克，快说，否则我往里扎了……你还不愿意说出来吗？那好，我又深入一毫米……又一毫米……'多布里克的心停止了跳动，他感到针尖距他的心越来越近了……又一毫米……又一毫米……啊！我和你打赌，这个歹徒要说出来了！我们低下身子等待他恢复知觉，等得心焦气躁，我们多么希望能够快一点……你能想象出当时的情景吗，秘书长先生！这个强盗被结结实实地捆住，躺在床上，前胸裸露，死命地挣扎想从麻醉剂的作用下清醒过来。他的呼吸越来越急促……大口地喘起气来……他开始恢复知觉了……他的嘴唇开始一张一合的……这时，克拉瑞丝发话了：'看见吗，是我……是我，克拉瑞丝……你愿意回答我吗，魔鬼？'

"她把手指放在多布里克的胸上，放在胸口。他的心脏像小动物似的在皮下跳动。突然，她对我说：'他的眼睛……他的眼睛……他戴着眼镜，我看不见……我想看看他的眼睛……'

"我也想看看这两只眼睛，我从没见过……我想在听到他说话之前，就看到从他恐惧的内心泄露出来的秘密。我想看到，渴望看到他的眼睛。我才这样想就激动起来，我觉得只要看到他的眼睛，秘密就会揭开，我马上就会知道的。这是一种预感，是对那使我激动的事实真相的直觉。他的夹鼻眼镜不在了，但还戴着那副墨镜。我突然把它取下来，霎时间，我被一种意外的景象所震动，被一道强烈的闪光照得眼花缭乱。我笑起来，笑得下巴都快脱臼了。我拇指用力一压，嗬！就把他的左眼球挤出来了！"

尼克尔先生真的大笑出声，如同他所说的那样"下巴都快脱臼了"。而此时，他已不再是一个糊里糊涂、阴沉内向的外省私人教师了，而是一个无所顾忌，活力四射的男子汉了。他以感人的热情滔滔不绝地模拟着当时的情景，现在又发出这样尖厉的笑声，这使帕斯维尔感到很不舒服。

"嘿！钻出来吧，小家伙！离开你的老窝吧！要两只眼睛干什么？一只就够了。嘿！克拉瑞丝，快来瞧啊，瞧这只在地毯上滚来滚去的小球，小心，这可是多布里克的眼睛！上帝保佑！"

尼克尔先生站起来，在房间里蹿来蹿去地表演当时追逐眼珠的动作。完了，他又坐了下来，从口袋里掏出一件东西，把它放在手心里，捻得它滴溜溜地乱转。接着，他又把它向空中抛去，尔后又把它接在手里，放回衣袋。过后便冷冷地说道："这就是多布里克的左眼珠。"

帕斯维尔被吓了一大跳。这个古怪的拜访者的意图是什么？他讲述这整件事的过程又是为了什么？帕斯维尔脸色灰白，说道："你还需要再解释一下吗？"

"我觉得，似乎都说明白了。这东西是那样符合事实，符合一段时间以来我不由自主地做的假设。要不是该死的多布里克狡猾地把我引入歧途，我本来早就达到目的了。是的，请你听听我当时是怎样假设的吧。'既然在多布里克身外找不到名单，那就是说名单不在他身外，既然在他的衣服里也找不到，那就是说它藏在更深的地方，在他的体内，说得更明白点，就是藏在他的肉里……藏在他皮肤下。'"

"大概藏在他的眼珠里吧？"帕斯维尔嘲笑道。

"你说得完全正确！秘书长先生，你说得非常正确！"

"什么？"

"我再说一遍，就藏在他的眼珠里。我本当自然而然地推断出这个奥秘，而不是靠意外的发现。因为，多布里克已经知道梅尔吉夫人发现了他写给那位英国玻璃工匠的信，信上要求工匠'把这块水晶玻璃挖一个洞，而不会引起别人怀疑'。所以这家伙他就多了一个心眼儿，故意转移别人的视线，让人按照他提供的样品，制作一个水晶瓶塞，'并把里面挖空'，你我花了几个月寻找的就是这个瓶塞。我从那包烟丝里找到的也是这个瓶塞……其实，只要……"

"只要什么？"帕斯维尔有些不解地问道。

尼克尔先生扑哧一笑："只要注意多布里克的眼珠，这个'从里面挖空，别人看不出、也想不到的藏物的东西’就行了。这就是那只眼珠。"尼克尔又掏出那个眼珠，在桌上敲了几下，发出硬物碰撞的声音。

帕斯维尔嘟哝地说："一个玻璃眼球！"

尼克尔先生笑意愈深了，他喊叫起来："对，我的上帝！一个玻璃眼球，这个混蛋把一个普通的瓶塞，或者你愿说它是一个水晶瓶塞也可以，放进自己的眼眶里取代一颗坏眼珠，并还戴上一副普通眼镜和一副墨镜作为遮掩，而那件宝贝以前而且现在一直都在里面。凭借它，多布里克有惊无险地做他的坏事。"

帕斯维尔垂下头，为了遮掩他脸上的红晕，他把手放在前额，他差不多已经获得了这张二十七人名单，它就在他面前的桌子上面。他尽力克制着自己的激动，以毫不在乎的口吻说道："名单还在那里面？"

"至少我这样认为。"尼克尔回答。

"什么！你只是认为……"

"因为我还没打开过它呢。我把这种幸运留给了你，秘书长先生。"

帕斯维尔伸出手，抓住那样东西，仔细观察了一番。这是一颗水晶打制的，十分逼真的眼球、眼珠、瞳孔、角膜的构造都十分传神。在它后面还有一个活动的部分，他用力一按，眼睛的内部是空的，里面藏有一小卷纸。他把纸打开，马上就看到了名字、字迹和签名。他举起手臂，朝着窗户的亮处继续观察着名单。

"上边是否有洛林十字？"尼克尔先生问道。

"有的。"帕斯维尔回答，"这才是真名单。"

他迟疑片刻，胳膊仍然抬着，心里盘算着下一回合的招法。他又把纸卷好，放回那个小玻璃容器里，然后把玻璃球放进衣袋。

尼克尔先生看他做完这些动作，说道："你完全放心了吧？"

"完全放心了。"

"那么，咱们协议就算达成了？"

"达成了。"

接下来，两个人都收住话头，不动声色地对视着，尼克尔先生似乎在等待谈话继续下去。帕斯维尔则在桌上那堆书的掩护下，一手拿着手枪，一手摸着电铃。他极为得意地感到了自己所处的优势。他掌握了名单！亚森·罗宾得由他支配！

"要是他动一下，"他心想，"我就把手枪对准他，并叫人来。要是他进攻，我就开枪。"

最后，尼克尔先生说："秘书长先生，既然我们达成一致，我想剩下的事，就是赶快行动。行刑定在明天，是吧？"

"明天。"

"既然是这样，我就在这里等。"

"等什么？"

"爱丽舍宫的答复！"

"啊！会有谁给你带来答复吗？"

"当然。那就是你啊，秘书长先生。"

帕斯维尔摇了摇头，说："你别再指望我了，尼克尔先生。"

"真的吗？"尼克尔吃惊地问道，"那请告诉我是为什么？"

"我已经改变了主意。"

"就为这个吗？"

"不错。我认为事情既然已经发展至此，就是说在发生了今天早上的事件之后，再想挽救吉尔贝，那是不可能了。再说，用这种方式去爱丽舍宫求情，很有些讹诈的味道，我拒绝干这种事。"

"你有这么决定的自由，先生。这些顾虑，尽管来得太晚，因为你昨天不曾有过，还是使你赢得人们敬重。秘书长先生，既然我们的协议已被撕毁，那就把'二十七人名单'还给我吧。"

"还给你干什么呢？"

"好另找一个中间人。"

"那有什么用？吉尔贝反正没救了。"

"不，不，我认为正相反，昨夜那个插曲发生以后，他的同伙已经死了，他也就容易得到赦免了。尤其是大家认为赦免是公正和人道的。把名单还给我吧。"

"不。"

"唉，先生，你的记性真差，又不讲信义。你不记得昨天许的诺言吗？"

"昨天同我打交道的是尼克尔先生。"

"那又怎样？"

"而你不是尼克尔先生。"

"是吗？那我是谁？"

"需要我说出来吗？"

尼克尔先生没有说话，却嘿嘿地冷笑起来，似乎对这番奇特的谈话很是满意。面对尼克尔这突如其来的得意，帕斯维尔隐约有一种不安的感觉。他握紧了枪柄，心里犹豫着是否该呼救了。

尼克尔先生把椅子移近桌子，把两只胳膊肘压在纸页上，正面打量着对方，冷笑道："看来，帕斯维尔先生，你已经知道我姓甚名谁，真的打算跟我周旋到底了？"

"我有决心试试。"帕斯维尔不动声色地接受了这个挑战。

"这就是你觉得我，亚森·罗宾……咱们不必再隐讳这个名字吧……是个傻瓜、笨蛋，可以乖乖地让你抓起来扔进牢里？"

帕斯维尔一边拍拍放有水晶球的口袋，一边开玩笑地说："我的天啊！我想不出来你还有什么能做的，多布里克的眼睛目前就放在这儿，尼克尔先生，二十七人名单就在他的眼睛里面。"

尼克尔先生用一种嘲讽的口气重复着说了一遍："我还有什么能做？"

"没错啊！法宝无法保护你了，你目前仅是一个势单力薄的人，冒险来到警察局，位于几十个在每扇门边躲着的身高力大的人的包围中；还有几百人，只要我的信号发出，他们就能立刻赶来。"

尼克尔先生耸了耸肩膀，用充满怜惜的目光看着帕斯维尔："你知道什么事情会发生吗？秘书长先生？好啦，你已经被整件事弄得头昏眼花了。由于你掌握了名单，你的想法忽然和一个多布里克或一个德布科斯一样变得相同了，你想都没再想还要把它交给上司以便消除这个耻辱与不和的根源。没有，你没有想过。这张名单突然对你产生了诱惑，你利令智昏，心想：'它在这里，在我口袋里。有了它，我就变得无比强大；有了它，就有了财富，有了绝对无限的权力。我要不要利用它呢？要不要让吉尔贝和克拉瑞丝去死呢？要不要把亚森·罗宾这个傻瓜关起来呢？要不要抓住这唯一的发迹机会呢？'"

他弯下身去，低声地、真诚而友善地向帕斯维尔说道："亲爱的先生，不要这么做，不要这么做。"

"那是为什么？"

"请信任我，这么做对你没有好处。"

"胡说！"

"为什么？"

"这将极大地违背你的根本利益，相信我的话。"

"真的如此？"

"的确违背你的根本利益，假如一定要这么做，请你务必在这样做之前把你刚刚从我这儿夺走的名单上的二十七人名字认真地看一看，想一想第三个人的名字。"

"啊！第三个人的名字？"

"这个名字是你的一个朋友的。"

"谁？"

"前议员斯塔尼斯·沃朗格拉德。"

帕斯维尔似乎信心已经有所动摇地说道："那又如何呢？"

"如何？你考虑一下，我是有曾经对这个沃朗格拉德进行过一次十分简单的调查，发现原来有某些好处被他和另外一个人一起分享了。"

"那人叫什么？"

"叫路易·帕斯维尔。"

"你瞎说什么？"帕斯维尔含糊不清地说。

"我没有瞎说，我是说真话。我告诉你，你揭穿了我的真面目，你自己的面具也戴不稳了，这面具下面的脸并不漂亮，并不漂亮。"

帕斯维尔站起来。尼克尔先生在桌上猛击一拳，叫道："蠢话说够了，先生！我们已经绕了二十分钟的弯子了。够了！现在做结论吧。首先，你把枪放下，你莫非以为这一套能吓住我？算了吧，我们赶快了结，我忙得很哩！"

他扶着帕斯维尔的肩，庄重地宣告："假如一个小时之后，你还没有带着已签字的赦免令从爱丽舍宫归来，如果一小时十分钟之后，我，亚森·罗宾还不能完全自由地、安全无恙地离开这里。那么今天晚上，四封你和斯塔尼斯·沃朗格拉德之间的信件就会被分别寄到巴黎的四家报社。因为今天早晨我已从斯塔尼斯·沃朗格拉德那儿买来了你俩所有的通信。给你帽子、手杖和大衣，快点，我等着你。"

下面发生的事既离奇古怪又在情理之中：帕斯维尔没有丝毫抗议的表示，甚至连这个念头也没有动过。他突然心悦诚服地、彻头彻尾地意识到这位亚森·罗宾大人的无比威力。他甚至未曾想去杜撰——他迄今为止一直是这样认为——说那些信早就叫沃朗格拉德议员销毁了，或者说沃朗格拉德无论如何也不敢把信交出来，因为这样做无异于自取灭亡。不，他什么话都没说。他觉得自己好像被一根无形的绞索牢牢地套住了，他绝对无力挣脱，任何力量也不能把它解开，最后只有投降。

尼克尔先生又说了一遍："一个小时之后，就在这儿。"

帕斯维尔驯服地说："一个小时之后。"

但是他又想确定一下："吉尔贝赦免之后，这些通信能还给我吗？"

"不行。"

"为什么？"

"在我和我的朋友把吉尔贝救出来之后的两个月，我会把所有的通信还给你。当然，要救出吉尔贝，还得在对他监视不严的情况下进行。"

"结束了吗？"

"没有。还有两个条件。"

"什么样的条件？"

"首先，马上拿一张四千法郎的支票给我。"

"四千法郎？"

"这是我向沃朗格拉德购买信件的钱，完全公平合理……"

"那另一个呢？"

"其次，六个月之后，你辞去现在的职务。"

"叫我辞职？为什么？"

尼克尔先生严肃地说："因为警察局的最高职务之一被一个良心并不清白的人占据，是不公正的。让人家给你一个议员、部长或者看门人的位子，总之你有多大功劳就去求多高的位子吧！但是警察局的秘书长，不行，你不能当，这让我反感！"

帕斯维尔思考了一下，真想立刻把这个对手控制住，那样他会非常兴奋的，可是他绞尽脑汁地想着也无法达成目的。

走向门口，他叫了一声："拉尔蒂克先生？"

他把嗓门放小，但又刻意能让尼克尔先生听见："拉尔蒂克先生，搞错了，你让警察们解散吧。我出去的时候，不能让任何人进入我的办公室，尼克尔先生在这里等我。"

他拿起尼克尔先生递给他的帽子、手杖和大衣，走了出去。

当门又关上的时候，罗宾自言自语地说："先生，诚心诚意地祝你马到成功。既然你已经表示要完全改正过来……那我也……我先前对你的轻视或许太明显了……太粗鲁了。可是，你，这种事情要求紧急地进行，应该让敌人窒息。再说，这些人心黑得很对他们用不着太尊敬！昂起头吧，亚森·罗宾，你是反叛精神的捍卫者！为你的事业自豪吧！现在，躺下来，睡一觉。这是你赢得的权利。"

帕斯维尔回来时，发现亚森·罗宾睡得死死的。他不得不摇他的肩膀，把他叫醒。

"办成了？"亚森·罗宾问。

"办成了。赦免令下午就签发，这里是书面承诺。"

"四千法郎呢？"

"这是支票。"

"好极了，先生，我该做的只是谢谢你了。"

"那么，那几封信……"

"斯塔尼斯·沃朗格拉德的信要按我提的条件交给你。不过，作为感谢，我乐于现在就把我本来要寄给报社的几封信交给你。"

"啊！"帕斯维尔叫道，"原来你把它们带在身上？"

"因为我确信，秘书长先生，我们最终会达成一致的。"他从帽子里取出一个相当沉的信封，上面盖着五个红火漆封印。信是别在帽子里的，他把信递给帕斯维尔，帕斯维尔接过来，立即塞进口袋。

亚森·罗宾又说："秘书长先生，我不知道什么时候才能见到你，如果你有什么事要告诉我，只要在《日报》广告栏登一行字就可以了。你不妨写上'尼克尔先生，谨向你致意。'"

说完，他从容离去。

待房间里只剩下帕斯维尔一人时，他忽然觉得自己仿佛刚刚从一场噩梦中醒来，梦中的经历断断续续的，好像不是自己的所作所为。他正要按铃，走廊里突然一阵嘈杂声。这时，有人敲门，一个听差急急地闯进来。

"什么事?"他问。

"秘书长先生,多布里克议员紧急求见。"

"多布里克!"帕斯维尔大吃一惊,"多布里克来了?让他进来。"

多布里克没等吩咐就进来了。他气喘吁吁,衣服凌乱,左眼上戴了一个眼罩,没系领带,也没有戴假领,像刚从疯人院里跑出来的疯子。门还没关上,他就扑过来,用两只大手抓住帕斯维尔。

"你拿到名单了?"

"是啊。"

"是买的?"

"是啊。"

"代价是赦免吉尔贝?"

"是啊。"

"已经签字了?"

"是的。"

多布里克暴跳如雷:"傻瓜!傻瓜!你就这样做了?因为怀恨我,对不对?现在你报仇雪恨了?"

"多布里克,从某种程度上来说我的确很高兴。想一想我在尼斯的女朋友、歌剧院的舞蹈演员……现在该轮到你跳舞了。"

"那么,让我进监狱?"

帕斯维尔说:"不需要。你已经完蛋了,没有了名单,你就不攻自破了。我要看着你毁灭,这就是我的复仇。"

"你想得真美啊?"多布里克气急败坏地大喊大叫道,"你以为我是任人宰割的小鸡吗?你以为我毫无反抗能力了?好吧!小家伙,我如果被打倒,也得拖个伴一起倒……这个人就是帕斯维尔先生,就是斯塔尼斯·沃朗格拉德的同伙。沃朗格拉德将把所有对你不利的证据交给我,这些证据足以把你立即送进大牢。啊!我逮着你了。有了这些信,你就给我老实听话吧!多布里克议员还有好日子过哩。什么!你笑?你以为这些信不存在吗?"

帕斯维尔耸耸肩。

"不,它们存在。不过,不在沃朗格拉德手里了。"

"从什么时候起?"

"今天早晨。沃朗格拉德在两天前以四千法郎的价钱卖掉了这些信，而我又以原价买了过来。"

多布里克疯狂地笑起来："真是太离谱了！四千法郎！你花了四千法郎！是付给尼克尔先生吧？那个卖给你二十七人名单的人？好吧，要不要我告诉你尼克尔先生的真名？他是亚森·罗宾。"

"我已经知道了。"

"或许。你这个十足的傻瓜所不知道的是我刚离开斯塔尼斯·沃朗格拉德的家，斯塔尼斯·沃朗格拉德已经离开巴黎四天了。哈哈！真是太有意思了，你买了一堆毫无用处的废纸！花了四千法郎，多么愚蠢啊！"

他大笑着离开了，只剩下神情沮丧的帕斯维尔。

这么说亚森·罗宾没有任何证据，他的威胁是演戏，虚张声势！

"不……不……不可能……"秘书长反复说，"……这封盖了火漆的信在我手里……在这里……我只要打开看看就知道了。"

可他不敢打开，他捏着那封信，掂量着，察看着……他由怀疑突然变为肯定，匆匆把信打开，发现里面果然是几张白纸，他并不觉得意外。

"好吧，"他寻思，"我也不是好欺负的，事情还没完，现在还不知道谁是最后的胜利者呢！"

事情显然没完。亚森·罗宾所以这样大胆，是因为那些信确实存在，而且他确实想从斯塔尼斯·沃朗格拉德手里买下来。可是，既然沃朗格拉德不在巴黎，帕斯维尔的任务就是抢在亚森·罗宾前面找到沃朗格拉德，不惜一切代价把那些要命的信买下来。

先到的一方就是胜利者。

帕斯维尔又把帽子、大衣和手杖拿了起来，走下楼坐上一辆汽车，到达沃朗格拉德的寓所。别人告诉他今晚六点前议员从伦敦回来。

现在是午后两点钟，因此，帕斯维尔来得及制订方案。

五点钟，他带了四五十名警察来到北站，安排他们守在左右候车室和各个办公室。

这样他就高枕无忧了。如果尼克尔先生硬要抢先接近沃朗格拉德，那他就让人逮捕亚森·罗宾。

为了更为保险，凡是看上去像是亚森·罗宾，或者他的密使的人，一律逮捕。此外，帕斯维尔在整个车站仔细察看了一番，没有发现任何可疑迹象。

六点差十分，陪他前来的布朗松警长对他说："瞧，多布里克来了！"

果然是多布里克。见到仇敌，秘书长怒火直冒，恨不得要下令逮捕他。

可是有什么理由？有什么权利？依照哪条法律？再说，多布里克的到来表明，现在一切都取决于沃朗格拉德了。沃朗格拉德掌握了那些信件，谁能把它们拿到？多布里克，亚森·罗宾，还是他帕斯维尔？

罗宾现在不在这里，他也不敢在这里出现，多布里克不是对手。因此结论是不言自明的：他帕斯维尔将得到这些信件，进而彻底摆脱多布里克和罗宾的威胁，并重新获得向他们进攻的主动权。

火车进站了。

遵照帕斯维尔的指示，车站治安警察头目下令任何人不得进入月台。帕斯维尔一个人走上月台，后面跟着由警长布朗松指挥的几名警察。火车徐徐停下。

帕斯维尔一眼就发现，中间一个一等车厢的门后，露出了沃朗格拉德的身影。

前议员下了火车，又伸手去扶同行的一位上了年纪的先生下车。

帕斯维尔赶紧走上前，急急忙忙地说道："我必须同你谈谈，沃朗格拉德。"

与此同时，早已设法走近的多布里克也突然来到他们面前大嚷道："我已经收到你的来信，沃朗格拉德先生，我听从了你的嘱咐。"

沃朗格拉德瞧了瞧这两个人，马上认出是帕斯维尔和多布里克。面带微笑地说道："哈哈！好像所有的人都在热烈地期盼我回来。这到底是为什么呢？是不是与一些信件有关？"

"对……对。"两个人同时热情地回答道。

"晚了。"沃朗格拉德说。

"嗯？什么？你说什么？"

"我说那些信卖了。"

"卖了！卖给谁了？"

"这位先生。"沃朗格拉德指着他的旅伴说，"这位先生认为这件事值得跑一趟，一直跑到亚眠车站去接我。"

那位上年纪的老先生，一个裹着毛皮大衣，伛偻着身子拄着手杖的小老头，向他们颔首致意。

"亚森·罗宾，"帕斯维尔心想，"无疑是亚森·罗宾。"他朝那群警察瞟了一眼，打算下令。

就在这时，那位上了年纪的老先生说话了："很巧是吧，我想为了这些信件，买两张往返车票，坐上几小时的火车，还是值得的。"

"两张往返车票？"

"当然，一张给我自己，另一张是我一个朋友的。"

"你的一个朋友？"

"你说对了。几分钟前他已经离开了我们，穿过车厢通道，从火车前面出去了。他有些着急呢。"

帕斯维尔明白了。亚森·罗宾十分小心，带了一个同伙。这个同伙把信带走了，这场较量自己输定了。亚森·罗宾牢牢地把猎物抓在手里，他只能低头认输，只能接受胜利者的条件。

"那就这样吧，先生。"帕斯维尔说道，"到时候我们再见，再见，多布里克，我会给你写信的。而你，沃朗格拉德，你是在玩危险的游戏。"

"上帝啊！这是为什么呢？"沃朗格拉德叫嚷道。

他俩一块走了。多布里克默默不语，他像铁钉一样牢牢地固定在那儿。

那位老先生走近他，低声说道："喂，多布里克，你必须清醒了，老朋友……大概，氯仿还在起作用？"

多布里克攥紧拳头，低声骂了一句。

"啊！"上年纪的先生说，"看得出，你认出我来了……那么，几个月前，我到你拉马丁街心公园的家里，求你帮吉尔贝一把，那次会见，你还记得吗？那天我对你说：'放下武器，拯救吉尔贝，我就让你安宁；不然，我就把二十七人名单从你手里夺走，那你就完蛋了。'怎么样？我认为你完了，这就是不听好心的亚森·罗宾先生劝告的下场，我坚信你迟早要把衬衣都输掉的。总之，但愿你吸取教训！哦，还有你的钱夹，我忘了还给你了。要是你觉得它轻了一点，那就请你原谅，钱夹里除了一大沓钞票，还有你从我手里收回的昂吉安那些家具的存单，我觉得你就不必费力去取它们了，此刻大概有人已经取出来了。不，不用谢我，这算不了什么。再见了，多布里克。如果你需要一两个路易买新瓶塞，来找我就是了。再见，多布里克。"

他就走了。还没走出五十步，突然传来一声枪响。他回过头，原来多布里克开枪自杀了。

"永别了。"亚森·罗宾摘下帽子，轻轻说道。

一个月以后，由死刑减为终身苦役的吉尔贝在乘船解往圭亚那的前夕，从雷岛越狱逃走。

这是一次十分奇特的越狱行动，其经过始终是个不解之谜。同阿拉戈大街的两声枪响一样，这次行动更加使亚森·罗宾声名大振。

吉尔贝后来恢复了自己的真名，他唯一的名字叫作昂图瓦纳·梅尔吉。他娶了一位英国妻子，并有了一个儿子，他给儿子起名叫亚森，一家人在阿尔及利亚耕种土地。罗宾经常收到他热情洋溢的来信，有一封信这样写道："老板，你知道，做一个安分守己的人，每天早早地起床，在自己的土地上劳动一天，晚上疲倦地上床，那是多么幸福的事！你一定非常理解，对吗？你的生活方式与众不同，只是有些我行我素，但这也无关大局。等到人们真正认识你的那一天，他们将会为你歌功颂德，他们也会谅解那些美中不足之处。我永远热爱着你，老板。"

"梅尔吉夫人后来怎样了？"罗宾的朋友这样问他。

"她和两个儿子一起生活。"

"你后来见过她吗？"

"没再见过。"

"果真？"

罗宾略略迟疑了一下，微笑着说："亲爱的朋友，我希望能告诉你一个秘密，你会觉得我这人很可笑。你明白我曾经特别爱感情冲动，像中学生一样，也跟白天鹅一般的天真。就在那天晚上我回来之后，我直接去见了克拉瑞丝·梅尔吉，把这一天所发生的事一一告诉了她——其中有一部分她早已明白——这时我深深地明白了两样事。一是我对她的感情的强烈程度远远超出了我的想象；其二是她对我的感情里包含着蔑视、怨恨，甚至还有一定的反感。"

"唔！那是因为什么？"

"因为什么？是因为克拉瑞丝·梅尔吉是一个十分正经的女人，而我只不过是……是亚森·罗宾。"

"啊！"

"上帝啊，是的，我只是一个给人好感的、传奇般的骑士般的盗贼，心眼不坏……随你怎么说吧……可是，在一个诚实、正派、稳重的女人看来，我只是……只是……一个普通的小偷。"

他自尊心被伤害的程度远比他说出来的严重。

他的朋友又追问道："这么说，你曾爱过她？"

"我好像还向她求过婚呢。"他自嘲地说，"你看，我刚刚把她的儿子救出虎口……于是……我就想入非非了……结果却令人失望，这件事使我们的关系一下子降了温……打那以后……"

"打那以后，你就试图把她忘掉，对吗？"

"是的，不过这是很不容易的！为了在我们之间造成一个不可逾越的障碍，我就结婚了。"

"怎么！你结婚了！你？罗宾？"

"而且是世界上最合法最辉煌的一种婚姻，跟法国一个有名的世家，一个富有的家庭结亲……一个独生女儿……怎么！你没听说？这真值得大肆宣扬一番呢。"

罗宾此刻谈兴很高，他眉飞色舞地谈起他同波旁贡代公主昂热利克·萨尔佐·旺多姆的婚事来。如今，这位公主进了修道院当了个卑微的修女，名叫玛丽·奥古斯特嬷嬷……

可是，他刚开了头就停住了，似乎突然失去了兴趣。他若有所思。

"你怎么了，亚森·罗宾？"

"我？没什么。"

"不对……嗬，你现在笑了……是多布里克藏名单的东西，他的玻璃眼珠使你发笑吗？"

"不是。"

"那是什么呢？"

"没什么。告诉你吧……我想起一件事……"

"一件令人快乐的事儿?"

"不错……正是……可以说令人难以忘怀。那天夜里,我和克拉瑞丝乘一条小渔船去接吉尔贝……船行在雷岛附近的海面上,只有我们俩坐在船尾……我忘不了……我对她说了许许多多的话……就像开了闸的洪水,心里话全都倒出来了。接着……接着,是彼此再无一切戒备心理的、令人不安的一阵沉默……"

"后来?"

"后来,我就把她搂在怀里……啊!尽管仅仅是几秒钟这么短的时间……可这又能有什么妨碍呢!我发誓,这不仅是一位感动得流下热泪的母亲,而且还是一个女人,一个叫人怜悯的女人,她全身抖动,心情极不平静……"

说完,他又解嘲地加了一句: "为了不再见我,第二天她就逃走了。"

他又停住不说了,片刻,又喃喃道:"克拉瑞丝,克拉瑞丝,等到我厌倦了过去,并且幡然悔过的那一天,我就去那座阿拉伯小房子里找你,那座圣洁的白色小房子,你会在那里等我。克拉瑞丝,我知道,你一直在那里等着我……"